scripto

Azouz Begag

Quand on est mort, c'est pour toute la vie

Gallimard

Première partie

Du balcon, j'ai suivi des yeux un car qui rampait entre les immeubles, piétinant leur ombre. Il y avait des gens, dedans, des pauvres d'ici qui n'avaient pu se payer des vacances bleues à la mer.

J'étais aussi resté à Lyon. Pour une autre raison.

Le car a disparu derrière le centre commercial. J'ai refermé la porte-fenêtre.

Je tire les rideaux contre le soleil, trop brutal. Le silence alterne avec les gémissements de ma mère qui veut ressusciter Mourad coûte que coûte. Vivant et chaud, comme il était avant. Elle exige sans relâche de savoir exactement la traduction en arabe de « nou liou ». Elle s'adresse au carrelage, assise sur les genoux comme pour une prière, basculant son corps à la manière d'un pendule. Depuis que Mourad est parti pour San Francisco, elle pleure du sang, chaque jour, et les rivières qui charrient sa douleur ont emporté des morceaux de peau sur ses joues. Le mouchoir toujours mouillé que serre sa main droite s'est presque incrusté dans la chair.

Une de mes sœurs essaye de la réconforter en répétant :

– C'est le *mektoub*.

Elle était écrite, la destinée de Mourad, au bout du flingue d'un chauffeur de taxi.

J'ai la haine. Mes yeux brouillés me rendent ma mère floue, un peu irréelle. J'aimerais la serrer dans mes bras pour la consoler, mais elle va pleurer plus fort et mes bras n'ont pas assez de courage. Personne ne peut plus la soulager. A présent, elle veut rentrer dans son pays pour mourir. Ou bien sauter par le balcon, pour en finir.

– *Y'a oulidi, y'a oulidi*, mon fils, mon fils ! elle répète, disque rayé.

J'ai toujours cru que ces films-là n'existaient qu'au cinéma.

« Nou liou » pour NON-LIEU.

Quand la décision de justice a été annoncée, ma mère et mes sœurs ont lâché des hurlements si profonds que j'ai craint qu'elles n'expulsent leurs boyaux au milieu de la cour des Droits de l'Homme de ce pays. Beaucoup de jeunes du quartier ont vu rouge, chacun se sentait lui-même assassiné. « On va tout niquer », ont dit les uns et les autres. Il a fallu les rappeler à la raison, sous les regards des CRS, impassibles, mais peut-être frétillants d'impatience. On ne peut jamais savoir avec ces hommes d'acier au regard masqué.

NON-LIEU : pas eu lieu, somme toute. Le meurtre n'avait donc jamais eu lieu ! Telle était la conclusion de l'enquête. Mourad était toujours vivant, alors ? Ma mère n'avait pas lieu de pleurer ! Droits de l'Homme ? Seulement de l'encre sur du papier.

Tout était dit, maintenant. Plus rien à enlever, plus rien à ajouter. J'aurais souhaité que cette mort frappe quelqu'un d'autre que mon frère, que ma famille. Pourquoi nous, alors qu'il y avait tant d'autres millions de personnes insignifiantes sur qui cette foudre mortelle pouvait tomber ? Pourquoi nous ? Quelle malchance ! Quel destin !

Notre avocat était abattu. Il a dit à ma mère :

– Je suis désolé.

Ma mère a dit en pleurant :

– *Y'a oulidi*... rendez-le-moi, je vous en prie.

Elle a à présent des griffures d'ongles sur les joues. On dirait un apparat de guerre apache.

Mille fois, j'ai recousu les petits détails de la vie de Mourad, si jeune et plein de tempête, si fier de moi, aussi, l'écrivain de la famille. Comme beaucoup de lascars des allées sombres, il nourrissait un rêve depuis tout petit : partir en Amérique. C'est lui le responsable de tout, ce rêve vicieux. L'Amérique : peut-être s'y trouvait-il, maintenant, déguisé en Boeing à JFK, en cygne sur l'Hudson River, en arbre à Central Park ?

Toute une nuit, pour tatouer ma mémoire, j'ai écrit sur de belles feuilles blanches les derniers moments de sa vie tels que je les ai imaginés : « L'aéroport se profila, étendit son corps vague au bout de l'autoroute qui longeait les champs. Mourad les voyait déjà, les Boeing dégrafant le ciel blanc. Il se délectait de la violente et douce musique de leurs réacteurs. San Francisco à portée d'ailes... il allait flotter sur son brouillard dans quelques heures. Lyon la trop petite allait se diluer dans son sillage. Alors il serra son sac contre lui et demanda brusquement au taxi de s'arrêter là, tout de suite, parce qu'il voulait poursuivre à pied, besoin de prendre l'air, d'être au contact de la lumière, de sentir la chaleur du matin d'été. Le chauffeur lui adressa un regard méfiant, stoppa net la 504 sur le bitume bouillant et remit son compteur à zéro. Au même moment, Mourad ouvrit la porte et s'enfuit à toutes jambes à travers les champs pour ne pas payer la course, quelques dizaines de maudits francs. Il courut comme sur une piste d'envol, il allait saluer le chauffeur de la 504 du haut du ciel et lui crier «Merci,

Dieu vous le rendra !», lui lancer même un bras d'honneur pour se venger de ses regards inquisiteurs dans le rétroviseur. Il accélérait sur la piste et dans son dos les vociférations de l'homme à la 504 de velours devenaient des murmures dans le calme matin de juillet. Puis une explosion, un pétard de fête, une balle expulsée hors de son couloir de la mort. Et San Francisco s'écroula d'abord à genoux, puis à plat ventre, à l'orée de l'aéroport de Lyon, dans un champ que ceinturait une autoroute déserte. Un épais brouillard tira comme un rideau sur le Golden Gate. Un filet de fin de vie coulait de la bouche de mon frère et irriguait la terre de France. »

Des chansons stupides chantent que le temps passe, ce n'est rien, ou bien qu'avec le temps tout s'en va... Pour nous, sans mélodie, le temps passait et n'effaçait rien du tout. Mourad voulait être intégré, comme ils disent, et le voilà qui reposait au bled, sous une pierre grise et de la terre marron. C'est cela l'intégration ?

Je vais envoyer une lettre à François Mitterrand.

NON-LIEU est devenu un mot fantôme. Mes vieux parents ont dorénavant besoin de la présence quotidienne des enfants qui leur restent. Quant à moi, il faut que je me réinvente une vie, vite. Je hais la justice, la police, les juges, leur intégration et leurs Droits de l'Homme.

Chaque jour, je m'enferme dans mon bureau. Je pose la tête dans mes mains et je philosophe sur le temps, de la naissance à la mort, et même avant, et surtout après.

Le téléphone sonne sans arrêt. Je fixe le combiné sans intérêt. Des collègues entrent et disent des « ça va, ça va » sans écho. Je ne bouge pas la tête. Ce matin, je médite sur une belle question que Mourad m'a posée, quand il était au CM1 ou CM2.

– Amar ? Dis-moi : quand on est mort, c'est pour toute la vie ?

J'ai répondu sans réfléchir :

– Bien sûr !

Maintenant, je sais que c'est une jolie question sans réponse. Il faut la laisser comme elle est, avec son point d'interrogation au bout. Quand on est mort, c'est bien pour toute une vie. Mourad est mort pour toute ma vie, celle de mes parents, celle de mes sœurs. Pour plein de vies.

Je suis inutile pour les sciences humaines, ce matin. Alors je retourne chez moi, comme un hérisson barricadé en lui, toutes épines dehors. Il ne me reste plus qu'à vivre ma peine dans mon silence.

Quand j'ouvre la porte de mon appartement, le répondeur vient juste de terminer l'enregistrement d'un message. Je sais qui a appelé. J'appuie sur le bouton *answer*.

– Allô ? Tu m'entends… ? Tu dis à Amar qu'il appelle son père à la maison ! Pourquoi il appelle plus ses parents ? hein ? Maintenant qu'on est vieux, il nous laisse tomber ? C'est ça ?

Il s'adresse toujours au répondeur comme à une personne. Il le tutoie, le menace, le remercie, et toujours, au moment de raccrocher, il le salue en lui recommandant de bien transmettre le message à son fils qui le néglige. Mon messager électronique me répète tout, sans état d'âme. Il enregistre même les conversations en arabe, sans rechigner.

Je n'appelle pas tout de suite mes parents. Je mets d'abord en route la machine à laver dans la salle de bains et je prends un café, en écoutant la radio. Quelqu'un sonne. J'hésite. On insiste. Je pense à la police, au facteur qui apporte un autre message de malheur. Je vais à la porte : « Qui c'est ? » « C'est moi ! Qui veux-tu que ce soit d'autre ? » répond une voix.

C'est mon père, avec sa barbe de *mouslim* qui pique et que je ne sais jamais comment embrasser. Il entre en baissant les yeux. Il me regarde rarement dans les yeux. Il ne dit rien du message au répondeur.

– Comment va la maman ? je demande.

Il hoche la tête en signe de désespoir :

– Qu'est-ce que tu veux !

Puis il se tait. Un médecin est venu la voir hier après-midi et il lui a prescrit des cachets, comme des bonbons pour les enfants. Les cachets sont les bonbons des vieux.

Je fais un café pour lui et je vais vider la machine à laver. Il n'est pas pressé. Il me regarde faire, assis bien droit, exhumant des poches de son manteau, de sa veste, de son gilet, de son pantalon (il porte toutes ces couches sur lui !) des documents à me faire lire, des histoires embrouillées de la Sécurité sociale, de la Mutuelle du bâtiment, des impôts et tant d'autres voleurs d'argent qu'il maudit tous les jours du haut de ses quatre-vingts ans. Il fait tout ça pour oublier Mourad. Je le sais bien.

Tout à coup, l'incident se produit. De tous les lourds vêtements que je tire du tambour de la machine, trois culottes se sont emmêlées malencontreusement dans mes mains. Elles sont nouées l'une à l'autre, comme si elles s'étaient juré dans la machine de ne plus jamais se séparer dans la vie. Tranquillement, je défais leur amitié et je les étends derrière moi. Je n'ai pas vu mon père se lever, s'approcher de moi.

– C'est toi qui laves les culottes ?

Son air est sévère.

Il me faut quelques secondes pour comprendre et réagir. Je me débarrasse aussitôt des pièces à conviction et je referme vite la machine à laver.

– C'est pas des... c'est des chiffons pour nettoyer les chaussures.

Mais sa remarque remplit encore la pièce. Vidé, silencieux et immobile, il attend une explication.

– Continue, maintenant que tu as commencé, fait-il avant d'aller se rasseoir.

Un silence de tribunal s'installe. J'ai honte. J'aurais pu faire attention. J'appréhende le moment où il me faudra à nouveau croiser son regard.

– De mon temps, dit-il, un homme ne touchait pas les sous-vêtements de sa femme. Que se passe-t-il dans le nouveau monde où tu habites, mon fils ?

– Tu sais, c'est exceptionnel que je fasse une machine, dis-je, d'ailleurs je sais jamais où on met la poudre...

Rien n'y fait.

Il continue d'appeler en renfort son temps à lui, juste pour faire son devoir d'éducateur, me montrer ma dérive, le monde dans lequel j'ai échoué. Puis il finit par me conseiller de rentrer au bled pour retrouver mes racines. Il dit que cela me ferait

13

le plus grand bien, un peu d'air vrai. Je me souviens maintenant que, enfant, les vieux disaient
de tous les Arabes qui avaient épousé des Françaises : « La France les a pris. »

Je croyais que ces gens étaient tombés dans un
piège.

Mes pensées sont encombrées de culottes.
Mon père dit que le café est trop léger. Un
moment, le désir d'opposer franchement mon
existence à la sienne m'effleure. Je vais monter
sur une table et hurler : « Eh oui ! Les choses ont
changé depuis deux générations ! Pour qui te
prends-tu ? De quel droit saccages-tu mes maigres
certitudes ? La mort de Mourad ne t'a-t-elle
pas... ? » Je ne contrôle plus mes pensées. La raison me fait vite rebrousser chemin. La rébellion
n'est pas à l'ordre du jour. Il faut encaisser
encore. C'est le prix du destin. Je ne crois plus au
hasard.

Les jours défilent, je ne peux pas évacuer ma
haine. Tout se complique. Je n'arrive pas à réaliser. Trop de questions comme des crochets
rouillés me taraudent. J'absorbe des tubes d'aspi-
rine effervescente vitaminée. Mon pire ennemi
est devenu mon estomac. Mon meilleur ami,
le sommeil. Il sait neutraliser ma peine.

Mais bientôt, des batailles entrent dans mes nuits. Je suis épuisé. Un matin, je me réveille en sursaut, pétrifié par un sentiment désespéré de solitude. Je ne sens plus le monde autour de moi, comme s'il avait été englouti par un tremblement de terre. Ma nuit a été occupée par le rêve de mon retour triomphal au pays, aux côtés de Mourad. C'était là, ma vraie place. Des milliers de compatriotes m'acclamaient en pleurant de joie, ils attendaient depuis si longtemps mon retour. Mais je me retrouvais affreusement seul sur mon matelas multi-spires, à Lyon, sans personne autour. Sauf le téléphone.

Je me lève, tout courbaturé.

Ma femme s'est occupée des enfants : habillage, biberon, crèche. Heureusement, dans les moments difficiles, elle tient le cap. L'appartement tout entier me regarde. Les fenêtres, les portes, les serrures épient mes gestes. Les murs écoutent les battements de mes pensées.

Que faire dans ce silence ? Je regarde la rue un moment. Des bus qui vont qui viennent, quelques badauds. J'entends des bruits, aussi, beaucoup de bruits. Je m'approche du téléphone. Je regarde en imaginant les centaines de personnes qui sont à l'autre bout, en ligne. J'ai mal au cœur. Je téléphone à quelqu'un, un numéro au hasard. Au bout de trois sonneries, une voix de femme dit « Oui ? ». J'écoute plein de « Allô ? allô ? » et je raccroche.

Le silence remonte à la surface.

Je tourne en rond. Je vais prendre dans ma bibliothèque un Flaubert que je lis depuis une éternité, sans pouvoir arriver à la fin. Je m'allonge à nouveau sur le lit dans mon bureau, je finis *Madame Bovary*. J'ai fait sa connaissance après la naissance de ma seconde fille Emma, en entendant tous les amis reprendre en souriant : « Emma ? Comme Bovary ? » Sauf mon père, qui n'a jamais croisé le Gustave de sa vie, il a définitivement opté pour El Yemma. El Yemma ! Un vrai prénom arabe comme il faut. Il n'y avait pas d'Emma qui comptait pour lui. Pas pour les Arabes.

Les heures défilent. Emma Bovary s'est suicidée. Je n'avais vraiment pas besoin d'un tel épilogue. Je referme Flaubert sur ces pages. Les événements s'acharnent contre moi.

Il est midi. Mercredi. Premier du mois. J'entends les sirènes des usines qui remplissent la ville. Je me lève pour jeter un nouveau coup d'œil à la rue. Le jour s'est encrassé. Il faut que je reste sur mes gardes. Je me réinstalle en position horizontale. Je fais la sieste.

J'ai rêvé du désert. Maintenant, il pleut sur Lyon. Les gouttes d'eau frappent partout pour me terroriser. C'est un drôle de jour. Les yeux clos, je me vois courant nu sur la ligne d'horizon, pour la plus grande course du monde, sans ligne d'arrivée. Cette sensation me rend nerveux. Je ne sais pas ce qui m'arrive. Je me redresse, tournoie autour du téléphone à la recherche d'un cœur de secours. Je compose le numéro de mon ami Sid. Au bout du fil, l'amitié. Nous bavardons longtemps, mais il me renvoie à moi-même :

– Allez, allez, te laisse pas glisser. T'as tout pour être heureux ! Va faire un tour au bled, ça te changera les idées. Il a raison, ton vieux…

Je raccroche le premier. Ma solitude fait encore plus mal. J'aurais voulu que Sid me dise : « Bouge pas, mon pote, j'arrive illico ! »

Il m'a laissé.

Je tourne en rond dans l'appartement. Je suis incapable d'arrimer deux pensées logiques. Je sors. Je ne peux demeurer dans cet état. Il faut que j'aille consulter le médecin du travail. L'idée de devoir prendre des tranquillisants me dégoûte par avance.

Dans l'allée, mon vélo est toujours attaché à sa place. C'est une chance, on ne me l'a pas encore volé. Le jour ne s'annonce pas si mal que ça.

Je traverse Lyon avec plaisir, comme toujours, empruntant les quais pour flâner devant les péniches et les pêcheurs rivés sur le fil de l'eau. Je suis surpris de voir des pêcheurs asiatiques. Ces boat people de la Saône pêchent-ils réellement par plaisir ou pour se nourrir des poissons coureurs d'égout? Ils m'intriguent chaque fois, ces immigrés de la misère qui ressemblent à mes parents.

Le parc de la Tête-d'Or. Quand j'y entre, une odeur de feuilles et le parfum des roses me ragaillardissent. Des gamins font serpenter bruyamment leurs skates. Des mamans promènent leurs enfants en murmurant des chansonnettes. Des vieux avancent pas à pas, silencieux, vers la fin de l'après-midi, au bord du lac qui renvoie l'image du printemps à l'envers. La vie passe, tranquillement, pour ces gens heureux que le malheur épargne. Les jours ont drôlement raccourci, ces derniers temps. A 19 heures, il fait nuit. L'été s'est fait la malle. Je ressens d'un coup son absence avec amertume, comme si je n'avais pas assez profité de ses douceurs.

Dans le parc, je roule au milieu de l'allée centrale, entre les pelouses rangées comme la chevelure d'un enfant gâté, si typiques de Lyon : *Nicht betretten! Do not trespass!* Sous peine d'amende et de poursuites! menacent les écriteaux plantés dans l'herbe grasse. La terreur dans le parc de la ville. Soudain, en face de moi surgit un gardien à cheval sur une Mobylette métallique. Il me fonce dessus, freine juste devant mon vélo pour me faire barrage et il hurle, tout rouge :

– C'EST INTERDIT DE ROULER À VÉLO DANS LE PARC !

Son uniforme vert pour le camouflage écologique lui va ridiculement mal. Je demande ironiquement depuis quand c'est interdit de rouler à bicyclette dans le parc. Il s'emporte.

– DEPUIS TOUJOURS ! ON A LE DROIT DE ROULER À VÉLO DANS LE PARC JUSQU'À 12H30. APRÈS, IL FAUT MARCHER À CÔTÉ DE SON VÉLO !

Mes résistances s'affaiblissent. Je le regarde fixement. Un profond découragement cimente mon cœur. Je fais observer froidement :

– Pourquoi toi tu roules dans le parc à Mobylette, après 12h30 ?

Une question piège et insolente.

– JE VOUS PERMETS PAS DE ME TUTOYER... ON N'A PAS ÉLEVÉ LES COCHONS ENSEMBLE EN ARABIE !

Encore une secousse. Le sort s'acharne vraiment contre moi.

– Et d'abord moi, c'est moi ! poursuit-il, rougissant à incendier son visage. La loi, c'est la loi et moi c'est la loi. Nul n'est censé ignorer la loi. Je parle le français, non ? Moi j'ai le droit de rouler à Mobylette dans le parc pour empêcher les gens comme vous de rouler à vélo dans ce parc après 12h...

– 12h30, je le sais. J'ai compris.

Je souris, le temps d'une hésitation entre l'envie de poursuivre ma route à vélo dans le parc, histoire de vérifier s'il va me tuer avec son pistolet en bois vert, me faire prisonnier, me torturer avec des orties ! Comme au bon vieux temps de la Villa Susini ! Je choisis raisonnablement de faire demi-tour. L'ancienne guerre est finie au pays. Façon de parler.

– Ne posez pas trop de questions, ça finira par vous attirer des ennuis ! conseille-t-il en me regardant m'éloigner, chevauchant sa Mobylette qui piaffe.

Des yeux, je lui indique où j'enfouis son conseil chlorophylle. Les pelouses sont interdites. Ce slogan, qui sonne comme un cri de guerre, me fait mal.

Après deux ou trois coups de pédales, l'infâme voix me rattrape et m'enserre comme un lasso :

– Si vous êtes pas content dans les jardins de France, retournez dans votre désert !

Je m'y attendais. Décidément, ce « désert » restera collé à ma peau toute ma vie, même si je ne l'ai jamais connu. Je joue l'indifférent en continuant de pédaler, les muscles anesthésiés, mon frère Mourad au cœur de mon cœur. Une grande lassitude m'engourdit.

Je fais le tour du parc de la Tête-d'Or par l'extérieur. Je préfère contourner les imbéciles.

Une jeune infirmière m'accueille. Elle est jolie. Elle me sourit et me demande si j'ai rendez-vous. Elle consulte un cahier, puis me dit d'attendre.

– Qu'est-ce qui ne va pas ?

– Rien.

Elle se tait.

Le médecin du travail est homosexuel, cela se voit. Je ne sais pas pourquoi je l'ai remarqué. Je me présente à moitié nu devant lui. Il sort sa boîte à outils et examine quelques pièces de ma machine. Je n'ai pas de tension anormale, entre huit et douze, bien que l'autre tension, la vraie qui ne se mesure pas, soit à sa cote d'alerte. Je sens bien que mon système nerveux m'échappe. Je divague. Il m'arrive de contracter mes muscles si fort que j'amène mes yeux au bord des orbites. Comment expliquer tout cela au médecin ?

– Alors, qu'est-ce qui ne va pas ? demande-t-il en souriant médicalement.

– Parlons plutôt de ce qui va, ce sera moins long !

– Allez, allez, faut pas vous laisser aller comme ça ! vous avez tout pour vous !... Des enfants ?

– Deux filles !

J'explique tout. Finalement, il me conseille d'aller consulter mon médecin de famille.

– Je n'ai pas de médecin de famille.

Il prend un air interdit. Mon cas l'embarrasse. Il s'embourbe. Je ferais mieux de rentrer chez moi. De toute façon, un autre client patiente dans la salle d'attente.

– Changez d'air ! partez ! suggère-t-il en m'ouvrant la porte.

Je ne le regarde même pas.

L'infirmière me raccompagne à la porte. Elle veut m'encourager. Elle m'apprend qu'elle a le même âge que moi. Elle prétend qu'à la trentaine, on a besoin de changer, c'est normal.

– Moi, j'ai bien changé de métier !

Je ne lui en demande pas tant.

Je coupe :

– Un chauffeur de taxi a assassiné mon frère.

Et je ne veux même pas regarder son visage.

Mon vélo est toujours là. C'est un jour de chance. Mais je vais certainement avoir un accident ou crever un pneu, ou quoi encore ? D'ailleurs, à l'instant où je pose le pied sur la pédale, le ciel explose d'orage. Des éclairs mettent le feu aux lourds nuages. Il fait anormalement chaud pour un mois de septembre. Jusqu'à quand ? Et si l'hiver neigeux ne venait pas, cette

année ? J'espère au fond de moi de graves pertur-
bations météorologiques, des cyclones, des inon-
dations, des avalanches, des séismes, qui change-
raient le sens de rotation de la Terre et nous
enverraient tous en l'air. Je me revois encore en
train de courir tout nu sur la ligne d'horizon,
derrière quelque chose d'inaccessible.

Le mal de tête me reprend, un bourdon dans les
oreilles.

Je roule lentement. Les gens courent comme des
fous dans la rue à la recherche d'un abri, les mains
sur la tête, sous le ciel en colère. Je pédale sous la
pluie, et les gouttes fraîches et épaisses font la
course sur mon visage. J'en profite pour pleurer un
bon coup en pensant à Mourad. Mes larmes glis-
sent sur mes joues avec la pluie. Elles les salent.
Pleurer sous l'orage noie le chagrin. Je roule à vélo
sur les trottoirs, sans penser aux piétons.

– Et la chaussée, c'est fait pour les chiens ? dit
une vieille dame qui promène son chien.

Je voudrais l'insulter en retour. Rien ne sort de
ma bouche. Elle va me dire elle aussi de retourner
dans mon pays, comme l'écologiste de la Tête-d'Or.

Sur la chaussée, des voitures qui circulent, on ne
voit plus que les essuie-glaces ouvrant la voie à des
yeux inquiets. Un taxi transportant un couple

d'amoureux réveille à nouveau l'image de Mourad. Je ne peux plus voir les taxis.

Je repasse devant le parc. Pas envie de rentrer chez moi tout de suite. Je ne suis plus très loin de la gare de Lyon-Perrache. Je vais aller regarder des trains, des voyageurs et leurs valises sur le quai du départ.

La pluie cesse.

Dorénavant, si je pleure tout le monde va le remarquer.

Sur les berges de la Saône, je passe sous un toit de platanes effeuillés par l'automne qui lâchent des gouttes d'eau sur moi, pour s'amuser. Les péniches dorment sur le fleuve, solidement raccordées à la terre, écartant les courants qui les poussent. Les hublots éclairés racontent la vie des gens à l'intérieur. Je vois des ombres passer. Elles paraissent heureuses.

Les gares sont toujours des endroits bizarres. J'abandonne mon vélo là où personne n'aurait l'audace de me le voler : devant l'entrée du poste de police. Je l'attache contre une barrière et je monte vers les trains. L'agitation m'est agréable. De tous côtés, les gens courent, faisant pivoter leur tête comme des hérons devant les guichets. Je vais faire la queue, moi aussi, attendre mon tour, patiemment, vivre le moment où le guichetier va me dire comme à n'importe qui : « Vous voulez aller où ? » Et je vais répondre : « Nulle part. » Il va me dire : « Pourquoi vous faites la queue, alors ?»

– Pour être pare-chocs contre pare-chocs. C'est tout. Pour être avec des gens.

– Vous nous emmerdez avec votre vie, vos problèmes ! il va crier. Il n'y a pas que vous qui souffrez sur cette terre, merde ! »

Des gens vont protester dans mon dos, parce que, eux, n'auront pas de temps à perdre. Quelqu'un va lancer fatalement : « Il n'a qu'à retourner dans son pays ! »

Je sors du rang. J'erre dans la foule en mouvement, inspectant curieusement les gens. J'ai besoin de faire n'importe quoi.

Les circonstances m'y aident bien.

– T'as pas deux balles ? fait une voix grave.

Je me tourne sans précipitation. L'homme a l'allure vagabonde de ces traîne-gares qui ne partent jamais, mais qui s'incrustent dans les zones de transit où les gens partent partout et toujours. Je le dévisage.

– Deux balles ! Pourquoi ? Tu veux te tuer ?

Sa bouche crache une chique putréfiée.

– T'as pas deux balles POUR BOUFFER ! Pas pour me tuer, gone ! Le pognon n'a jamais tué personne. Faut bien que je becte, non ?

– J'ai que dix francs de monnaie sur moi.

– Tu me les donnes, ça me gêne pas !

Il tend la main sans plaisanter. Je ris. Il recommence son geste encore plus vigoureusement.

– Allez, vas-y, si t'as le cœur sur la main ! Mets-le dans la mienne ! Je suis sûr que t'as pas le courage de me les donner, tes dix balles.

Dix balles pour un cœur : beau titre pour un western.

– Qu'est-ce tu fais comme boulot ? demande-t-il entre ses dents en quinconce.

En même temps, il s'offre une cigarette et m'en propose une.

– Non merci, je ne fume pas.

– Môssieur préserve sa petite santé !

Il hurle presque.

– Je suis chercheur, je continue.

– Chercheur de quoi ? fait-il avec des yeux d'épouvanté.

– Chercheur en sciences sociales et humaines.

Il déglutit. Il éclate de rire. Son exaltation va crescendo. Elle résonne dans toute la gare. Les gens se retournent vers nous.

– Chercheur en sciences sociales et humaines !

Il crie à tue-tête.

– C'est la meilleure que j'aie entendue depuis des années dans cette putain de gare !

Puis il maîtrise sa toux. Il grimace en envoyant sa bouche de travers. De la fumée de cigarette sort de sa gorge comme un fumigène.

– Môssieur est un chercheur en sciences sociales et humaines et il a pas dix balles à refiler à un pauvre clodo comme mézigue qu'a pas de quoi se payer le croûton ! Sale bourgeois, oui ! Vous êtes tous des enculés de bourgeois ! Le pognon vous a séché le cœur, même aux Arabes !

Il n'est pas raciste, ce sacré comédien. Il insulte les riches dans la chambre d'échos de la gare et les gens se mettent à regarder ailleurs. Ils ont peur. Un berger allemand qui n'a pas la gueule d'un poète s'avance vers nous. J'aperçois des policiers qui rappliquent avec le toutou. Je m'esquive. Le révolté de la gare va s'attirer des ennuis avec la justice et les représentants de l'ordre.

Moi, j'ai déjà assez d'embrouilles comme ça.

– Mais attends ! Attends ! crie le clochard. Oh ! chercheur ! Qu'est-ce que tu cherches, au juste ? Tu m'as pas encore dit ? Tu trouves, au moins ?

Après, j'entends :

– Va te faire foutre !

Un peu plus loin, un petit homme rond qui tient un appareil photo me demande avec une mimique commerciale si ça me ferait plaisir d'avoir un portrait de moi, sur-le-champ. Je le remercie poliment. Tout le monde a le droit de travailler. Il détourne son attention vers d'autres passants, comme si je n'avais jamais existé.

Un TGV à l'acier orange et effilé pénètre dans la gare. Je l'accompagne dans la courbe. On dirait qu'il veut me défoncer. Je m'enfuis en courant à toute vitesse vers mon vélo. Il est toujours là. Le preneur de photos aussi. Nous échangeons des regards. Lui, il sourit toujours. Moi, plus.

Le flic qui fume une cigarette devant l'entrée du poste de police va-t-il me demander de décliner mon identité ? Il va me soupçonner de voler mon vélo. Ça, j'en suis sûr. Ai-je les papiers qui prouvent qu'il est bien à moi ? Je l'ai acheté dans une grande surface, à Noël dernier, mais lui ne le sait pas. Évidemment, je n'ai pas gardé le ticket de caisse. Le flic va venir me chercher des poux dans la tête, j'en suis certain. Il faut que je le devance, c'est la meilleure défense. D'ailleurs, je le vois bien, il commence à me dévisager. Il a des restes de guerre d'Algérie dans les yeux. Je fonce vers lui d'un pied ferme. J'annonce sur un ton sec :

– Ce vélo, il est à moi ! Ne vous inquiétez pas !

Et derrière mon point d'exclamation le silence s'écrase entre nous deux. Le policier est stupéfait, mais il veut rester en dehors de cette histoire de fou.

– Je ne suis pas en train de le voler !

J'insiste.

Là, il enfle.

– Je vous ai rien demandé. Vous avez pas la conscience tranquille ?

Il reste immobile. Quel est le sens de sa question ?

Je dis :

– Ma conscience ne me laisse pas tranquille.

Il dit :

– Vous avez la clé du cadenas du vélo ?

– Oui. J'étais en train de l'ouvrir quand vous m'avez soupçonné de le voler.

– Je vous ai soupçonné de rien du tout, je vous avais même pas vu ! Vous commencez à m'emmerder avec vos embrouilles ! Vous êtes fou ou quoi ?

– Excusez-moi.

– Allez, fissa fissa ! dégagez, avant que je fourre mon nez dans votre identité !

Je suis allé un peu trop loin. Je me fais peur. Je ne dis plus rien. Je ne demande pas mon reste. Avec ma conscience pas tranquille du tout, j'enfourche mon vélo et je pédale vigoureusement dans la nuit floue. Je rentre chez moi, rue Pasteur, rue de la rage. Je traverse l'autoroute du Soleil par-dessous, en empruntant le passage souterrain pour piétons tapissé d'une odeur de pisse froide. C'est angoissant à cause des risques de têtes rasées assoiffées de sang qui attaquent les bonnes gens comme moi. Je passe ensuite devant le cinéma Paradisio. C'est la fin d'une séance. Sur le trottoir, des gens titubent, tout étourdis par l'ivresse des salles obscures.

Quelques coups de pédales plus tard, je suis chez moi, à l'abri.

A la maison, Oxanna et les enfants dorment. Il y a un mot sur la table de la cuisine : « Ton père a appelé. Il veut que tu le rappelles demain. Bises. Bonne nuit. Il y a à manger dans le frigo. »

J'ai conscience de l'amour d'Oxanna.

Je n'ai pas sommeil du tout. Je tourne en rond quelques minutes puis je prends les clés de la voiture et je ressors. J'ai envie d'aller respirer l'air des voyages, sur le parking de l'autoroute A6, vers Limonest, dans cette immense station-service où des milliers d'automobilistes s'arrêtent tous les étés pour abreuver leur monture et prendre leur respiration. Il y a quelques années, avec les copains du quartier, nous allions passer là-bas des soirées entières à observer les touristes. On voyageait en Hollande, en Suède, en Finlande avec nos yeux. On épiait les filles, grandes et blondes, et on rentrait chez nous faire l'amour avec leur image.

Mourad voulait aller en Amérique et rien d'autre. Mais c'était si loin !

Je démarre, comme un automate. Je sillonne la ville presque déserte. Les lumières des lampadaires me ramènent une autre image de Mourad, ivre au volant d'une Renault 16, une nuit où il était devenu fou. J'étais assis à la place du mort. A tous les carrefours, il me disait : « Pile ou face ? » avant de griller les feux rouges. Pile ou face, ça voulait dire : on rencontre une voiture en sens inverse ou pas ? Il s'amusait avec sa mort et ma vie. Il rêvait trop fort du Golden Gate, disait que de San Francisco on voyait Alcatraz, connaissait par cœur les capitales de tous les États : Floride ? Miami ! Arizona ? Phoenix ! Georgie ? Atlanta ! Plus il rêvait fort et plus il voulait bouger. Cette nuit-là, nous avions grillé tous les feux rouges sans croiser aucune voiture et j'avais ri aux éclats avec lui, excité par ce jeu de la mort stupide.

Maintenant que sa mort est passée, il reste ma vie.

Il pleut toujours sur la nuit, des gouttes noires. Mes essuie-glaces qui dansent du balai quand ils veulent, une fois sur trois, me dévoilent une route rongée et noyée. Et mes freins ne sont pas très fiables. Au bout du pont de l'Université, quand j'aperçois un feu vert, l'angoisse me saisit à la gorge. Je ne sais s'il faut accélérer pour passer en plein vert, ou ralentir pour ne prendre aucun risque. Mécaniquement, mon pied écrase l'accélérateur. Sur la chaussée glissante du pont, je pousse ma machine jusqu'à soixante-dix à l'heure, mes mains transpirant sur le volant, et quand je parviens à une dizaine de mètres des sémaphores, comme une lame de guillotine, le vert bascule à l'orange, un frisson glacial m'envahit, si je freine je suis mort. Je passe au moment fatal où je traverse le champ orange. La sentence rouge s'allume. Je viens de griller un feu rouge.

J'ai peur. Je me gare sur le quai, en face du magasin de farces et attrapes. Dans la vitrine, exposés, des masques de Chirac et de Mitterrand me menacent d'un air très sérieux, un air de dépositaires légitimes de la Déclaration des Droits de l'Homme, etc.

C'est en lisant dans leurs yeux que j'ai décidé de me livrer à la justice, juste pour voir comment ces gens-là allaient traiter mon dossier. Dans ce monde de fous, la rage me poussait à oser toutes les provocations. Sur cette chaussée mouillée, fallait-il accélérer ou freiner ? Bien malin qui pouvait répondre, après coup.

J'enclenche la première et je redémarre : direction la gare de Perrache. Je tremble. Je fais craquer les vitesses. Je m'arrête juste en face du commissariat et, devant la porte, à ma grande surprise, je retrouve le gardien qui me soupçonnait tout à l'heure de voler mon propre vélo.

– Je l'ai pas fait exprès ! Je savais pas s'il fallait accélérer ou freiner, j'ai accéléré, et voilà.

Il me dévisage d'un air qui mêle inquiétude et agacement.

Il ôte son képi pour montrer son exaspération :

– Encore vous ? Vous cherchez vraiment des embrouilles ! Vous êtes malade !

Un de ses collègues sort. Il se place à côté de lui, face à moi. Il demande s'il y a des complications. Puis il me regarde comme si j'étais un assassin.

Je ne me dégonfle pas. Je dis sans hésitation :

– J'ai pas fait exprès. Je l'ai déjà dit. Je savais que vous me croiriez pas.

Il faut jouer le jeu jusqu'au bout. Voir jusqu'où ces porteurs d'uniforme peuvent aller.

– Vous avez pas fait exprès de quoi ? demande le second, nouvellement apparu sur la scène.

– J'ai brûlé un feu rouge. Sans le faire exprès.

– Avec votre vélo ? dit le premier.

– Non, avec ma voiture.

– A qui elle est, cette voiture ? interrompt violemment le second.

– A moi. Je l'ai achetée, comme tout le monde.

– Et qu'est-ce que vous voulez ?

– Avoir la conscience claire et tranquille, comme tout le monde ; j'ai fait une faute, je veux payer, c'est tout.

– Vous êtes maboul !

– C'est ce que j'ai déjà conclu la dernière fois que j'ai rencontré ce zigoto, confirme l'autre.

– J'ai grillé un feu rouge. Y a pas de NON-LIEU qui compte !

– Les gens NORMAUX ne viennent pas se dénoncer à la police quand ils grillent un feu rouge, raisonne le premier.

– Vous non plus ?

– Moi c'est pas pareil, je suis la police. Je fais des fautes et je m'autopardonne… ou alors je me verbalise et je me paye une amende, mais l'argent reste dans la famille… ça revient au même que l'autopardon…

Son collègue laisse s'échapper quelques gloussements d'approbation.

Je suis troublé. Je réfléchis une seconde à ce drôle de privilège.

– Alors, qu'est-ce que je fais en fin de compte ?

Le premier sourit légèrement, du coin des lèvres.

– En fin de compte, vous déguerpissez d'ici, rapido. Je prends acte de votre délit, de votre confession volontaire et on vous écrira pour vous donner les instructions à suivre.

Je plante mes yeux dans les siens. Ça sent le piège.

– Vous avez pas mon adresse !

– Si, on l'a dans nos fichiers. On sait qui vous êtes, on a tout sur vous. Allez, allez, fissa ! Sinon on appelle le SAMU.

La pluie noire continue de tomber. Imperturbable. Une nouvelle fois, il faut que je m'éloigne. J'ai une opinion pas très nette sur les policiers. Mais je pense qu'ils mériteraient d'être formés aux sciences sociales et humaines.

Quant aux chauffeurs de taxi ! N'en parlons plus.

Les automobilistes conduisent tout doucement à cause du danger de mort sur la chaussée glissante de l'autoroute A6. Moi je les double à toute allure, maintenant que je connais des gardiens de la paix qui me pardonnent tout. J'ai le cœur plus léger grâce à mon petit jeu stupide. J'ai fait n'importe quoi. Ça marche. Je mets la radio à fond pour écouter un peu de bonheur, une chanson douce. Je suis bien à l'abri de la froide pluie de saison, bien au chaud dans ma voiture, prêt à m'assoupir dans cette position, sur cette autoroute liquéfiée, en état d'aquaplaning.

A droite, un immense panneau indique lumineusement le prix des carburants à la prochaine station où je vais m'arrêter pour m'abreuver de gens. Super, gasoil, essence, sans plomb, avec plomb... Dieu, que je m'en fous!

J'entre dans la station embrasée par les néons. Quatre voitures sont garées, amarrées au bastingage. Il n'y a pas de touristes. C'est triste et désert. La pluie joue un peu plus fort au-dessus de ma tête. Un homme sort en courant de la cafétéria, serrant sa femme contre sa poitrine comme pour la protéger. Je les regarde rire et s'engouffrer dans leur voiture immatriculée à Paris. Et puis après, plus rien. Les lieux se rendorment.

Le vent s'est levé, j'ai entendu son souffle contre ma voiture. Il voulait m'emmener dans ses tourbillons, dans un petit village perdu au milieu d'une blanche steppe finlandaise, recouvert par la nuit et la neige. J'étais réfugié dans un chalet de bois douillet, hypnotisé par la chorégraphie des flammes jaunes dans la cheminée, je lisais une belle histoire d'amour et m'assoupissais en douceur.

Sur l'aire de l'autoroute A6, fatigué dans ma tête, j'ai incliné le siège de la voiture en position allongée et je me suis confondu avec les songes. Il fallait que je parte, absolument, que je me rende dans ce bled où tant de gens voulaient m'expédier, les uns pour me plonger dans l'enfer, les autres pour m'offrir mon passé, la mémoire de mon histoire. Peut-être l'appel du *mektoub*, aussi.

J'ai décidé de partir pour un voyage retour au pays que je n'ai jamais quitté, là-bas, dans le désert. Retrouver mon *arabe généalogique*, comme disait toujours Mourad qui dort maintenant dans un lit de terre.

Ma mère m'a donné des vêtements pour lui. Je les ai pris. Mon père m'a regardé partir avec des larmes aux yeux. Il n'a pas cherché à les retenir.

On m'a prévenu que le moment n'était pas propice pour un voyage dans les sables. Pour moi, il l'était.

Deuxième partie

Déjà cinq jours que j'erre dans la ville natale de mes parents, tournoyant autour de la tombe de Mourad. Une boursouflure dans la terre, avec une pierre posée dessus, c'est tout. Et son nom inscrit en arabe. Je n'ai remarqué qu'une seule chose dans ce cimetière : l'herbe est sèche.

Treize ans sans remettre les pieds au pays. Le paysage a changé. Les immeubles, comme aux Minguettes, ont bourgeonné dans les terrains vagues. Les maisons d'imitation californienne, aussi. Davantage de pauvres côtoient davantage de riches. *Dallas* a fait des ravages à la télévision. Les JR remplissent les cafés et les rues. Les Sue Ellen les salons de coiffure. Sur le toit de chaque maison, les antennes de télé appellent le ciel comme une bouée de sauvetage. Il fait si chaud qu'on dirait que le soleil est une punition. Il ne laisse aucune chance de sortie, ni aux gens ni à la verdure. Alors, je grille mes journées à l'intérieur de la maison, construite à l'époque des espoirs de retour. Elle est enveloppée dans du carrelage multicolore. Avec une splendide salle de bains. Il ne manque plus que l'eau aux robinets ; je les tourne en vain, seuls les rots des tuyauteries répondent. Je lis beaucoup. Tout ce que le hasard met à portée de mon ennui : journaux, magazines, illustrés, boîtes de conserve, de pâtes, carton de lessive. J'essaye d'améliorer ma lecture de l'arabe, de rentabiliser le temps.

Je pense beaucoup à mes enfants. Je pleure beaucoup, avec ou sans larmes. Le soir, les gens partent à la conquête de la rue pour se retrouver, célébrer le départ du soleil, ou faire semblant de consommer dans les magasins. Être pare-chocs contre pare-chocs : je connais cette manœuvre de diversion. Je sors un peu, quelques dizaines de minutes, pour essayer d'être avec les « miens ».

Les nuits, je monte sur la terrasse de la maison et je parle au ciel : « Hé ! toi qui es si grand, pourquoi tu nous as fait tomber ce malheur sur la tête ? » Il me répond, par étoiles filantes interposées. Je comprends que ce n'est pas lui qui a tiré sur Mourad. A plusieurs reprises, je me force à faire des vœux pour ma famille, mais rien ne vient. Je suis vraiment à sec.

Il est temps que je rentre à Lyon.

Un matin, à l'aube, ni vu ni connu, je me suis éclipsé comme un voleur, sans dire au revoir à personne. Je n'avais pas envie de faire des salamalecs, comme disent les Gaulois. J'ai marché vers l'arrêt du car qui devait m'emmener à l'aéroport. Le retour était fini.

Moi, j'ai déjà posé mon séant sur mon siège. Dorénavant, je peux contempler la bataille depuis ma loge. Deux gamins en haillons s'approchent du car, traînant sur des roulettes une grande bassine bleue pleine d'eau, bourrée de glaçons au milieu desquels nagent de petites bouteilles.

– Fanta ! Gazouz ! Eau fraîche ! scande l'un sans conviction.

– Cass-craute ! Cass-craute ! croasse l'autre en désignant son panier grouillant de sandwichs douteux aux tomates avachies, œufs de couleur indéfinie, feuilles de salade épuisées par la chaleur, pâtés divers.

Ils tournent comme des guêpes autour du car, un Mercedes orange, qui a l'air de défier le désert depuis des années sur l'interminable route bitumée mangée par le sable.

A Aïn-El-Zina, chef-lieu de l'oasis et point de départ vers la capitale, il a déjà fait le plein de passagers. Beaucoup d'entre eux ont dû passer la nuit plantés devant son arrêt dans l'espoir d'être embarqués les premiers.

Le chauffeur montre les signes d'une inquiétude courroucée. Il sait que, sur son itinéraire, tous les paysans venus des *douars* qui guettent son passage depuis des heures, peut-être des jours, assis au milieu de leur amoncellement de bagages, le visage anxieux, vont encore une fois vociférer, et lui, simple chauffeur, devra encaisser la haine de ces éternels oubliés du voyage.

Depuis l'indépendance, les spermatozoïdes sont plus actifs et plus efficaces que les constructeurs de cars : ils produisent beaucoup plus vite. Les cars mis en circulation ne comblent pas la boulimie de voyages qui s'est emparée des gens, après la guerre d'indépendance. N'importe quel motif est bon pour voyager, partir et revenir, juste pour voir, sentir, goûter le monde extérieur, boire les espaces et les paysages. Monter dans un car, s'asseoir sur un siège, juste pour sentir cette liberté fraîchement respirée qui fait exploser barrages et frontières.

– Fanta ! Gazouz ! Eau fraîche ! ne cessent de crier les gamins. Cass-craute ! Cass-craute !

Mais les amateurs sont rares, trop occupés ailleurs, concentrés à l'extrême sur leurs bras et leurs jambes, indispensables outils pour se hisser dans l'embarcation.

Dans le car, la bousculade fait monter la tension. Le chauffeur subit de plus belle la rogne des candidats au voyage.

– Je n'y peux rien, se défend-il en criant. C'est pas ma faute ! Plaignez-vous aux responsables ! Je ne suis que chauffeur !

Une vieille femme empêtrée dans ses robes se soude aux derrières de trois hommes qui essayent vainement de pousser leur corps à l'intérieur du véhicule bondé, bagages en main, déterminés à faire l'impossible pour forcer le destin. Il y a quelque chose d'inhumain à les voir tendre tous leurs muscles pour escalader une marche, une seule, rentrer pour s'en sortir, quelque chose qui fait serrer les dents, déborder le regard :

– Poussez ! Poussez ! La libération est proche. Je la vois.

– Fanta ! Gazouz ! hurle un des petits vendeurs à la foule.

– Cass-craute ! crie l'autre, inquiet à l'idée que les gens vont oublier de manger, de faire leurs provisions avant le départ.

Je regarde, médusé, cette guerre de la survie. Tout mon corps est en alerte. Chaque morceau de moi surveille l'évolution de la situation. Quand un pays est dans le noir, tout le monde devient aveugle, même les croyants.

– Laissez-moi entrer ! laissez-moi entrer ! gémit la vieille qui fait corps avec les marches. Allah vous rendra grâce. *Y'a rabbi !* Pour l'amour de Dieu !

Je ne bouge pas. Après tout, ce n'est pas à moi que s'adressent ces suppliques ; je ne suis pas membre à part entière de la communauté. Je vois tout cela avec des yeux d'étranger.

Le chauffeur se redresse sur son siège, l'air déterminé. Il va mettre bon ordre à cette anarchie. Il foudroie des yeux les trois hommes et la vieille qui restent figés, à moitié dehors, à moitié dedans, et c'est cela qui compte pour eux, visiblement, cette demi-victoire remportée sur le *mektoub*, cet infime instant où tout espoir est encore possible. Tout. Espoir. Encore. Possible. Un océan de possibilités devant soi, il faut tenter toutes les nages, inventer tous les bateaux pour le traverser.

La vieille pleure des larmes ridées qui sèchent sur-le-champ.

– *Ana rjouza*, je suis une mémé ! se défend-elle, *ana rjouza !*

Mais la misère n'a pas d'âge. Elle est plus forte que le temps. La marche d'escalier sur laquelle la pauvre *rjouza* a posé son pied est aveugle, elle ne connaît plus le *douar* d'où elle est, sa tribu, la longue histoire de ses pieds nus.

– Je vous implore de me laisser entrer ! Je vais à l'hôpital voir mon fils : c'est son sang qui a pourri dans ses veines, mes frères ! mes sœurs ! Son sang !

Elle maudit sans paroles les quatre-vingt-six passagers cassés à angle droit sur leur siège, véritables statues vissées à leur socle et qui regardent tous dans la même direction sans sourciller, sans rien entendre, inexistants, insensés. En écho à ses supplications, on entend dans leur respiration un grondement, celui de la vapeur d'un train au départ, gavé de charbon et qui n'attend plus qu'un signe pour avaler dans sa gueule de ferraille les interminables rails.

La sirène du départ va fissurer le mur du silence dans une seconde, au plus. Une mouche innocente jauge naïvement les visages de cire l'un après l'autre, s'abreuvant aux rigoles de sueur qui perlent sur les joues et les fronts.

Le chauffeur du Mercedes est un jeune homme aux yeux bleus. Mais sa chemise offerte par la société qui l'emploie est une vieille chemise, aux auréoles acrylique. Quand, sans conviction, il donne une tape sur son nez, la mouche fait un bond de quelques centimètres. Mais elle vient se reposer au même endroit. Il la néglige, troublé par l'image de la *rjouza* qui ressemble sûrement à sa mère, derrière ses tatouages au front et ses mains écaillées, recroquevillées sur la rampe de la porte comme les serres d'un aigle.

Au milieu du car, siège numéro 30, côté couloir, un homme au regard profond et énigmatique ouvre la bouche et y plonge la lame d'un Opinel pour déloger des morceaux de viande scélérats. Ses dents énormes et largement déchaussées grincent sous la piqûre du métal effilé. Puis il émet quelques bruits de succion, provoque un raz de marée de salive entre ses falaises dentées et expulse les restes de son repas, dessinant un cul-de-poule poilu pour la circonstance. Il grimace et se replie dans le silence du Mercedes hanté par les tortures verbales de la vieille. Il cache définitivement ses yeux dans les colonnes d'un article de journal.

– Mesdames et messieurs, lance le chauffeur à ses deux rangées de statues, y a-t-il parmi vous quelqu'un à qui il reste un bout de cœur, un petit morceau vivant... et qui accepterait de laisser sa place à une *rjouza* qui va voir son fils à l'hôpital ?

Après, le silence.

– Ces personnes existent-elles encore dans ce pays ? poursuit-il en baissant la tête, résigné.

Le silence. Les mots se vident.

– Mon fils a le sang pourri ! hurle la vieille. Je vous en prie ! *Y'a rabbi*, implore-les !

Après, le silence.

Le chauffeur fait une moue désabusée. Il jette un coup d'œil sur la vieille, puis il repose sa question en la rétrécissant à la portion congrue.

– UNE personne de ce type existe-t-elle dans ce pays ? Une seule !

La *rjouza* dresse une dernière fois les bras dans l'immensité qui coiffe ce monde. Le ciel est immense et beau, sec et bleu. Trop loin. Le chauffeur a pitié d'elle.

– Le soleil sèche notre terre et la haine a séché nos cœurs, mes frères, mes sœurs ! Au nom de cette vieille... je...

Le silence.

Il s'emporte.

– ... Je vais pas la mettre sur mes genoux, non ?

Puis sa voix se meurt de lassitude. Il se rassoit sur son siège noir en plastique, râle. La mémé fond en larmes, la tête entre les mains. Son pied droit lâche prise. Elle se laisse tomber en arrière.

Son corps est dehors, tout d'un coup. Défait. Le chauffeur actionne la clef de son démarreur pour lancer le moteur. Le diesel fait danser ses pistons gaillardement, automate fiable, crachant une épaisse fumée par son anus métallique, prêt à affronter la route des sables, une fois de plus et peut-être la dernière, mais cette idée n'entame apparemment pas sa vaillance. Tout ce qui se passera au cours du voyage sera dicté par le Tout-Puissant.

– *Bism'Allah il rahman il rahim!* prie le chauffeur en sondant son rétroviseur intérieur.

La vieille *rjouza* écœurée s'écroule devant la porte du car, ses trois cabas sur le côté droit, et elle commence à se vider.

Le car danse du ventre, sa longue carcasse trépigne d'impatience, son tuyau d'échappement rougit déjà de plaisir. Le corps entier de ce pachyderme paraît anxieux de sentir le sable et son infinité, là-bas, juste à la sortie de la ville.

Les enfants hurlent qu'il leur reste encore des « Fanta! Gazouz! Cass-craute! Cass-craute! ».

Je ne sais plus bien dans quel monde je suis.

– Je vous en prie! supplie doucement mais fermement le chauffeur à l'adresse des trois hommes qui sont restés debout sur les marches supérieures du car, espérant contre toute attente.

Ils bloquent la fermeture des portières. Le chauffeur les immobilise du regard, comme si avec la seule force de ses yeux il pouvait les contraindre à descendre. L'un d'eux grimace, avant de sourire faussement, implorant un miracle, une dernière frontière au-delà de laquelle ce Mercedes de malheur se transformerait en double car comme en Europe, accoucherait d'un deuxième étage comme à Londres, et serait rouge exactement pareil, silencieux et confortable avec du velours. Bleu, aussi. Comme le ciel d'Aïn-El-Zina.

Le jeune homme reste crispé dans son sourire corrupteur.

– Je vous en prie! mugit cette fois le chauffeur en tapant les mains sur le volant.

J'ai déjà entendu ma femme sur le point d'accoucher, subissant les assauts des contractions, lancer des mots de souffrance similaires. Pour accélérer l'expulsion, aussi.

Le chauffeur cesse de regarder ces gens qu'il ne reconnaît plus, les infâmes égoïstes. On sent chez lui un désir sadique de voir son car tomber en panne. De la sorte, plus personne ne partirait nulle part. Ce serait la fin de l'épouvante.

Il pense sans doute, comme moi, qu'il faut tout recommencer pour sauver le pays. Tout nettoyer à l'eau de Javel ou à n'importe quel produit décapant – il faudrait les importer! dépenser des devises, hélas, mais tant pis! –, il faut vite faire un garrot, dire non aux sourires malsains, à ces violences inouïes indignes des croyants. Qu'Allah le Tout-Puissant soit mêlé aux plus atroces exactions, les erreurs des uns, l'ignorance des autres, doit le révolter ! Tout recommencer, tout recommencer, repartir sur une nouvelle route, espérer une secousse tellurique, réécrire une histoire sur une terre nouvelle. La lave séchée recouvrirait à jamais les erreurs et les malentendus passés.

Plein de dégoût, il frappe une nouvelle fois sur son volant, poings fermés, tête baissée. Quand il se redresse, le jeune est descendu. On l'entend blasphémer : « Putain de Dieu ! » A l'intérieur du Mercedes, les statues de cire restent inertes. Seul l'homme à l'Opinel, qui lisait un journal, ouvre la bouche pour dire des mots que ses lèvres retiennent mystérieusement. Ses yeux se sont chargés de violence contre le cracheur de blasphèmes. Il s'aère en faisant de ses papiers d'information un éventail improvisé. Puis le chauffeur embraye, passe la première. Elle résiste. Il force sur le levier une seconde fois et le Mercedes s'ébranle enfin, grinçant des dents. A ce moment précis, des mots vivants se font entendre.

– Tout le monde a un parent malade à l'hôpital ! dit une voix.

– NOUS SOMMES TOUS MALADES ! renchérit une autre.

– Il faudrait UN HÔPITAL POUR CHACUN DE NOUS ! dit une femme en serrant les lèvres derrière son *haïk*.

– De toute façon, dans ce pays même les vieilles jouent la comédie maintenant, assure une autre. On sait plus à qui se fier !

– Si ça se trouve, elle va rendre visite à son frère en prison, suggère un autre – vicieux.

– Je vous en prie ! réclame une voix autoritaire.

C'est le marché aux arguments. J'observe en étranger.

Le chauffeur klaxonne un taxi qui encombre la voie. Puis il pose ses lunettes de soleil sur son nez, sort un paquet de cigarettes de la poche de sa chemise acrylique et une boîte d'allumettes. La troisième allumette qui glisse sur le grattoir fait long feu, comme les précédentes. Il jure, repose nerveusement le paquet de cigarettes et la boîte d'allumettes et klaxonne une seconde fois.

– Alors quoi ! Tu vas nous tenir une réunion politique ou quoi ? lance-t-il à travers la vitre de gauche.

Le chauffeur de taxi fait un drôle de geste du bras, comme s'il voulait montrer sa puissance retenue, hésite, remonte dans son véhicule, non sans blasphémer lui aussi :

– Quoi ? Quoi ? Tu vas chez Dieu ? T'as rendez-vous ?

Le chauffeur du Mercedes ne réplique pas. Une sorte de prudence intuitive retient ses réponses.

– Allah nous aide, dit une vieille. On en aura bien besoin... avec tous ces blasphémateurs ! *Bism'Allah, astarfighullah ! La ila il'Allah, Mouhammad el rasoul Allah !*

Puis elle siffle un long soupir. Soudain, le gros homme à l'Opinel claque sèchement son journal contre la vitre qui porte l'inscription : ATTENTION. VITRE DE SÉCURITÉ. NE BRISER QU'EN CAS D'URGENCE. La rage tend les muscles de ses mâchoires. Il retire son journal tout doucement. Derrière, ce qui reste de la mouche baladeuse se répand en une tache noire sur les trois lettres GEN du mot urgence. L'homme est satisfait. Puis il laisse aller sa tête en arrière et il ferme les paupières, prêt à décoller.

Sur le trottoir poussiéreux de la gare d'Aïn-El-Zina, une *rjouza* emmitouflée dans ses robes blanches, mais noires aussi, la tête cassée dans ses bras, inonde de son ahurissante tristesse le caniveau déjà obstrué de la chaussée. Deux autres passagers malchanceux attendent un prochain car pour la capitale. Un troisième blasphémateur discute avec un chauffeur de taxi, blasphémateur lui aussi, du prix d'une course ou peut-être de l'avenir du pays. Une grosse dame s'approche de la porte arrière du taxi, s'y adosse, observe la *rjouza* immobile à terre, relève le voile qui gêne sa respiration, retrousse sa longue robe jusqu'à l'abdomen, reste dans cette position deux secondes et soudain elle éclate d'un rire diabolique en urinant à travers sa culotte. L'urine traverse à grand jet son sous-vêtement, oblique à gauche jusque vers la cuisse et descend vers la terre ferme en traçant sur la jambe des oueds crasseux. Le chauffeur de taxi plaque la main sur sa bouche et détourne la tête. Le jeune blasphémateur, sidéré, avance une explication.

– Elle est folle !

– Qui ne l'est pas aujourd'hui dans notre pays ? soupire le chauffeur de taxi en regardant le Mercedes prendre le large.

Le car Aïn-El-Zina-la capitale oblique derrière la file de taxis rouges et noirs. Il dégage deux nuages de fumée dans la couche d'ozone avant d'entamer le désert. Les deux gamins aux sandales plastique qui étaient agrippés au pare-chocs arrière, toutes jambes repliées, tombent à la renverse dans le virage, morts de rire. Pour eux, le voyage est terminé. Le mien ne fait que commencer.

– Cass-craute ! Fanta ! Gazouz ! Merguez !

– *Ahou el Hendi, elmouss min rindi !* Figues de Barbarie, j'ai un couteau !

Les vendeurs s'acharnent contre leur sort.

D'un coup, Aïn-El-Zina s'évapore dans le rétroviseur du Mercedes, comme happée par un mirage, gommée par un nuage de poussière, de sable et de gaz d'échappement. Je suis au milieu de ces hallucinations. Quittant chez moi pour retourner chez moi.

Désormais, les quatre-vingt-six passagers plus le chauffeur s'enfoncent à la grâce de Dieu dans l'océan de sable chaud, parsemé d'îles, comme celles qu'on aperçoit à quelques centaines de mètres ou de kilomètres, sur la droite.

J'ai la place numéro 35, arbitrairement attribuée par un contrôleur qui n'a encore rien contrôlé du tout – y a-t-il encore des choses à contrôler dans ce pays ? Siège côté fenêtre. Face à face avec les montagnes de cet effarant désert, qui ressemblent à des chiens ou à des dauphins, accompagnant dans sa course le Mercedes, la cime tournée vers nous, en attente de nourriture.

Treize ans que je n'ai pas remis les pieds au pays. Treize ans au cours desquels j'ai bâti ma route à moi, avec ma femme, mes enfants, des voyages en Amérique et en Europe. Quelques romans aussi.

La tombe de Mourad que j'ai visitée brouille l'image de cette *rjouza* qui essayait de se faire une place dans le car. Que signifient les mots qu'elle jetait contre les voyageurs assis : *mon fils a le sang pourri* ?

Les balancements chaotiques du Mercedes exhument de tristes souvenirs. Celui d'un jeune garçon me revient comme un cauchemar que j'ai vainement tenté de repousser. Le visage plombé de mépris, la bouche cariée par l'abus des drogues, Lazaar il s'appelait. Vingt-deux ans ? Trente-cinq ans ? Ce soir-là, j'avais été invité dans une Maison des jeunes et de la culture d'une banlieue de Lyon pour parler de mes livres et de ma vie. Il était là, Lazaar. Ivre mort.

– La France, tu l'as bien enculée, toi ! Et t'as raison ! avait-il hurlé devant tout le monde. Mais viens pas nous raconter des conneries, à NOUS !

Le directeur de la Maison des jeunes, mon hôte, était comme les voyageurs du Mercedes face à la *rjouza* : statufié. Il faisait silence comme il faisait froid dans la salle peinte aux couleurs hôpital, où la voix pesante de Lazaar se fracassait contre les murs en résonnant. Des jeunes jouaient aux cartes sur une table à côté, comme dans le saloon mexicain d'un film de Sergio Leone.

– Tu les vois ces jeunes ? m'intimait Lazaar. Tu les vois ? Quel âge ils ont ? hein ?

Une bave giclait même de ses yeux et venait gonfler celle que sa bouche vomissait. Il secouait les jeunes par les épaules alors qu'ils continuaient de jouer aux cartes, muets, aveugles.

– Dix-huit ans…, ai-je balbutié, parce qu'il fallait bien répondre.

La violence qui s'échappait de ses orbites avait du sang pour écume.

– Dix-huit ans ! Allez, allez, barre-toi d'ici… ! Écrivain de mes couilles !

Il m'a poussé violemment avec ses deux mains sur la poitrine. J'ai fait quelques pas en arrière, les larmes aux yeux, un peu rieurs, faute de mieux. J'avais peur d'être frappé, de devoir me défendre aussi. Un écrivain intégré peut-il donner des coups de poing ?

– Ils ont seize ans, quinze ans ! Ils sont chômeurs et foutus ! Tête de nœud, arrache-toi de là !

Il m'a montré la porte du bout de son doigt d'alcoolique qui ne tremblait pas du tout. Le directeur qui tentait de s'interposer a reçu une menace glaciale et s'est tu, fermant les yeux, la tête baissée. Dans le noir, il devait regarder défiler un désert.

Avec ma belle veste qui m'allait si bien, ce soir-là, je me suis enfui de la Maison des jeunes, tout seul, vieilli, entendant l'écho des quolibets de Lazaar et les rires des joueurs de cartes dans mon dos, pleurant des larmes dont l'acide perçait ma chemise de soie, cadeau d'anniversaire pour mes trente ans. Je faisais ainsi connaissance avec les joies du métier d'écrivain. Trente ans au cours desquels j'avais donc bien enculé la France ! Et dire que mon vieux père pensait qu'elle M'AVAIT PRIS, comme les autres. Treize ans que je n'avais pas remis les pieds au pays. Chiffre porte-malheur.

De toute façon, je ne croyais plus au hasard.

– *Y'a Si Mohammed ! Asmaa…* Ticket s'il te plaît ! lance une voix un peu trop forte à mon goût.

Le film de mon Lazaar de banlieue s'efface et je me retrouve assis sur le siège numéro 35 en plastique orange du Mercedes Aïn-El-Zina-la capitale. Après quelques minutes de panique, entre Lazaar, la *rjouza* et mon père, je parviens enfin à présenter mon ticket au contrôleur. Sa main tendue fait l'aumône. Ses cheveux sont un champ de bataille pilonné par des bombardiers. Sa barbe hérissée ressemble à une pelote de fil de fer barbelé.

– Moi aussi je me suis assoupi, engage mon voisin. C'est la chaleur.

Je me tourne vers lui. Je ne l'avais même pas remarqué depuis le départ d'Aïn-El-Zina.

On ne peut éviter sa bouche. Pourquoi a-t-il lui aussi des dents si abîmées ? Le sucre ! Ou peut-être une tragédie nationale qui ronge l'émail.

Tout comme le chauffeur, mon voisin porte une chemise blanche en acrylique où se dessinent des marées de sueur sur sa poitrine velue et ses aisselles. Son pantalon gris à rayures blanchâtres m'inspire des frissons de répulsion. Il est aussi large en bas qu'à la ceinture, fort élimé et sale. Sa braguette est à moitié ouverte.

Il se penche en avant. Il baisse la tête à la hauteur de ses genoux, enlève ses chaussures et ses chaussettes. Dans son dos, juste au-dessus de ses fesses, son pantalon trop large découvre un caleçon d'un blanc sale, lui aussi. Je lutte contre une impression indigne : l'accoutrement de ce pauvre homme m'indispose. J'ai honte de moi. Pour qui je me prends, moi, fils de paysans immigrés ? Enfant des bidonvilles crasseux de Villeurbanne ? Voilà que je joue maintenant les fines bouches ?

Je compare instinctivement cette vision de cauchemar à un souvenir délicieux que je garde en réserve : celui d'un siège d'avion dans lequel je suis confortablement installé en première classe d'un Boeing 747 de la Swiss Air volant vers New York. J'attends sagement l'arrivée de ravissantes hôtesses derrière leur chariot et leur étincelant sourire, qui bavardent gentiment ici et là avec des passagers, échangeant des plaisanteries, disponibles. Quand elles parviennent à ma hauteur, l'une d'elles me demande quel menu j'ai choisi, quelle boisson je désire.

– Nous vous proposons vin rouge, vin blanc, Gini, Schweppes, jus d'orange, champagne aussi si vous le désirez, avait énuméré la blonde du lac de Neuchâtel.

– Y a-t-il du Coca ? dis-je avec délicatesse, en petit malin qui sait s'exprimer comme les gens d'en haut, quand il le « désire ».

– Mais certainement, monsieur, répond-elle, toutes dents blanches offertes. Pepsi ou Coca ?

– Du champagne !

C'était pour rire. Elle rit aussi, bien sûr. Et elle me sert une petite bouteille de Reims, juste pour moi, comme si j'étais quelqu'un, sans débourser un dinar ou un franc. Je mérite de la considéra-tion. Juste parce que j'occupe le siège 67 B d'un Boeing 747 de la Swiss Air. Les bulles de cham-pagne m'aident à deviner à travers les hublots des troupeaux de moutons qui paissent paisiblement sur des cotons nuageux, baignés par le soleil, éter-nel à cette hauteur. Régulièrement, je ferme les yeux sur ce bonheur. Depuis ce voyage à New York, chaque fois que mon cœur tombe au-dessous de la ceinture, je puise du secours dans ce souvenir de printemps.

Le Mercedes fait un brusque écart de route pour éviter un obstacle, ou peut-être simplement parce que le chauffeur vient de s'énerver une fois de plus contre les allumettes qui refusent obstinément de s'embraser. Déséquilibré, j'ai failli toucher mon voisin. Il en profite pour me glisser un regard amusé.

– C'est rien, dit-il.

Je suis soulagé de ne pas avoir eu à toucher sa chemise pour me retenir. Bien sûr, je cache cette satisfaction. Soigneusement, il roule ses chaussettes et les place à l'intérieur de chacune des chaussures qu'il pousse sous son siège. Je m'attends à le voir les attacher à un cadenas, au cas où la vieille dame de derrière aurait quelque convoitise à leur égard, mais il fait confiance. A ma grande surprise, il ramène ses pieds à lui, les plie en tailleur sous ses fesses, sur le siège en plastique. Il est content. Cette position confortable le met de bonne humeur.

– *Al'hamdoullah !* lâche-t-il à mon adresse avec un sourire.

Je réplique par un rictus de douanier sur le qui-vive et m'empresse de détourner mon regard vers les montagnes qui continuent à poursuivre le Mercedes. Je ne veux pas parler. J'ai juste envie de remplir mes pensées avec des rêves de Boeing 747.

Minutieusement, il installe son matériel de parfait campeur sur ses genoux ; il en sort un long sandwich aux œufs couleur arc-en-ciel et une pastèque grosse comme une tête d'homme. Je commence à m'inquiéter.

– Je m'appelle Embarak, dit-il. Embarak Cherif. *Salam oua rlikhoum.*

Il salue de la tête comme les princes du désert. Puis il me demande de me présenter à mon tour. Je n'ai aucune envie d'entrer dans son jeu de voisinage. Je dis quand même :

– Mohammed Jésus !

– Comment ? (Il a des yeux aussi ronds que la pastèque.) Mohammed comment ? Djizou ?

– Oui, à peu près... Mohammed Djizou.

Je suis bien décidé à laisser la plaisanterie suivre son cours. L'association a le charme d'une réconciliation historique.

Il continue :

– De quel *douar* est ta famille ?

– Douar-Lyon.

Puis je détourne les yeux vers le désert défilant le long de la route. Le scénario sombre dans le tout-à-l'égout : le Embarak engloutit le sandwich aux œufs et aux assortiments avariés. J'ai l'immense malheur de voir le début de la scène et j'imagine la suite. En fait, le tintamarre buccal m'aide à boucler mon film. D'odieux claquements de mâchoire, grincements de dents rouillées, succions de bouche, clapotis de salive et même de petits rots me prodiguent un plaisir aussi subtil que le spectacle d'une famille de rats bouillonnant dans une sauce tomate à la harissa.

Le respect que je voue à cet empêcheur de rêver m'interdit de plaquer deux mains sur mes oreilles pour me protéger. Je tente alors de mener un combat intérieur pour m'isoler. C'est *Mission impossible*.

– *Y'a* Si Mohammed Djizou !

La voix du voisin. Embarak ! Il me déborde de toutes parts.

– Si Mohammed Djizou ? Tu dors ? Ou tu rêves ?... C'est pas bon de rêver, par les temps qui courent, il faut avoir les pieds sur terre.

C'est la caméra invisible ? Je vais avoir un malaise : avec générosité, il me tend un bout de son sandwich, coupé en deux, de ses mains à lui, ses doigts à lui, ses ongles à lui, sa transpiration à lui, sa crasse à lui. Je ne parviens plus à avoir la liaison avec la Swiss Air. L'ogre d'à côté a fait sauter toutes les lignes.

– Prends ! c'est pour toi, Mohammed Djizou ! Pardonne-moi de ne pas t'en avoir proposé plus tôt. Un oubli impardonnable...

A pleurer. Je suis bel et bien empêtré dans cette situation absurde et je n'ai pour le moment aucun moyen de m'en évader. Mon voisin ne perçoit rien de mon dégoût. Au contraire, il interprète tout à l'envers.

– N'aie aucune honte, mon frère. Nous sommes dans une période difficile, mais c'est pas pour ça que nous ne sommes plus frères, hein ? Nous restons musulmans.

– Oui.

– Prends.

Je regarde la chose. Je n'avais pas encore remarqué que le sandwich était au pâté. Pour gagner du temps, je demande des détails sur la composition du menu.

– Prends ! c'est pas du pâté, c'est du poulet !

Cette fois je n'en peux plus. J'insiste légèrement pour éviter l'assaut. En vain. Le paysan du *douar* a décidé de me faire partager sa collation. C'est déjà trop tard. Elle est tendue au bout de sa main qu'il utilise pour tant de choses et c'est simplement insupportable.

Je pense un instant que mon père a peut-être raison, que la France m'a « pris ». Ne suis-je point devenu un petit Gaulois soyeux ? J'ai des souvenirs d'enfant, quand nous venions passer des vacances en famille, où je nageais dans les flaques de boue les jours du mois d'août trop brûlants. J'étais comme tous mes cousins d'ici, mes défenses immunitaires étaient une forteresse.

Dans le car, les odeurs fétides se bousculent contre les carreaux, laissant presque des traces de buée. Pour me sortir de ce bourbier, je pense très fort aux chutes du Niagara où je suis allé l'année

dernière. Les chutes du Niagara sous la neige !
Décapantes, désodorisantes, désinfectantes !

– Allah nous a donné du pain, c'est pour le
partager ! embraye Embarak.

Il veut me couler. Il exhibe son offrande
comme si Dieu en personne l'avait mise dans ses
mains pour me la transmettre. Il oublie un
détail : le sandwich, depuis son départ de chez
Dieu, a dû faire un très long voyage, pas toujours
à la température idéale, et il est passé consécuti-
vement entre les mains des deux gamins vendeurs de la gare d'Aïn-El-Zina, puis dans leur
panier en plastique bleu douteux, puis entre les
mains d'Embarak, puis dans le sac en plastique
blanc et rouge d'Embarak, puis à nouveau entre
les mains d'Embarak, avant de s'approcher à plusieurs reprises de sa bouche. Et cela aussi est parfaitement exécrable.

Au bout de quelques terribles secondes d'hésitation, je me rends à l'évidence. Il m'est impossible d'éviter la charge. Je prends le bout de pain
et je le tiens sous mon nez, avant de tourner la
tête du côté de la fenêtre pour ne plus rien voir,
ne plus rien subir, tuer l'image.

– Mange, mon fils ! mange ! C'est mieux que
rêver ! dit-il dans mon cou.

– Je vais attendre un peu, l'appétit va venir.

Treize ans d'absence, à jouir du supermarché en Ile-de-France et du Boeing dans le Tessin, ont un caractère irréversible.

Je ne comprends plus rien au pays et aux indi-gènes. On m'avait prévenu avant mon départ : le pays avait changé. Fallait pas être trop naïf. Je me disais : à distance, la critique est aisée. Il fallait que mes yeux voient, que mon nez sente, que mon corps touche, que mes oreilles entendent les voix de ceux qui parlent encore. En fait de voix, j'étais servi :

– L'appétit vient en mangeant ! répète une seconde fois Embarak. Un peu plus fort, comme si je n'avais pas entendu.

J'ai la rage, coincé dans ce siège, dans ce piège. Tendu par qui ?

Un envoyé du ciel vient à mon secours. La voix arrive de derrière, autoritaire :

– Remets tes chaussures ! Ça pue les pieds à vomir en l'air ! Remets vite ta moisissure ! Peut-on avoir idée d'ôter pareille horreur dans un car ?

La dame est rouge de colère. Embarak passe sa manche sur sa bouche et se retourne, l'air surpris ou gêné, on ne peut savoir avec lui.

– Excuse-moi, Si Mohammed, mais je pourrai pas tenir cinq cents kilomètres dans cette odeur de putréfaction, maugrée la mémé sans bégayer.

Le va-nu-pieds arc-boute ses sourcils, se déplie après avoir posé son sandwich sur le sommet du siège en face de lui, installe sa pastèque entre nous deux et range ses pieds.

– *Astarfighullah* ! rouspète-t-il.

Il se tourne vers moi qui feins de ne rien avoir suivi de la scène.

– Ces vieilles, ce sont toutes les mêmes ! Tu te souviens de celle qui emmerdait tout le monde au départ d'Aïn-El-Zina ?

Mais que dit-il ?

Il poursuit :

– … Dans des conditions difficiles, tu trouveras toujours quelqu'un qui a un passe-droit… faut arrêter avec ça. C'est des choses comme ça qui ont compliqué la vie dans le pays. Vieux ou pas vieux, tu prends un ticket de réservation. Sinon, *salam oua rlikhoum* ! T'es pas d'accord, Mohammed Djizou ?

En le voyant recroquevillé sur lui-même telle une sauterelle, j'ai une meurtrière envie de le casser, de le plier dans une boîte et de le ranger sous le siège, comme un gilet de sauvetage. Ne plus en entendre parler, ne plus l'entendre parler.

D'un coup, il s'arrête. A-t-il enfin compris le sens de mes silences ? Entendu les bruits des moteurs imaginaires de mes Boeing ? Sur le siège de devant, l'homme à l'Opinel fume des cigarettes américaines. L'odeur de sa fumée qui empeste l'atmosphère est caractéristique. Je croyais qu'il dormait, tant il est demeuré calme et immobile depuis le départ d'Aïn-El-Zina.

A l'intérieur du Mercedes, on entend un murmure de conversations. Les trois quarts des passagers fument et expulsent de leur gorge un nuage sur lequel on ne voit pas de moutons paître. Avec les vitres du Mercedes qui ne s'ouvrent pas, c'est une véritable torture ! Les rideaux pare-soleil ne parent plus rien depuis belle lurette. Alors le soleil s'acharne sur le car à petit feu, sûr de lui : il aura raison de son métal et de ses passagers avant la fin du voyage.

Le chauffeur, maintenant, fume lui aussi. Les allumettes récalcitrantes ont été vaincues. Tout est rentré dans l'ordre.

Des coups de klaxon nerveux résonnent derrière nous. Les passagers du fond se lèvent pour voir. Un cinquantenaire à l'air sage et prudent s'adresse à notre chauffeur :

– Va doucement, laisse-le passer ! Il est fou... il veut mourir !

Les passagers de gauche regardent à travers la vitre la voiture qui tente un dépassement à cent trente à l'heure sur l'autoroute du Soleil. Un taxi. Le genre de véhicule qui réveille en moi le souvenir de la tombe de Mourad. Je finis par me lever aussi, curieux. Embarak ne bouge pas. Il rase consciencieusement sa pastèque à l'aide d'un couteau de boucher, type hitchcockien.

Je vois les yeux de notre chauffeur évaluer la situation depuis son rétroviseur intérieur. Il semble calculer son coup, décidé à ne pas se laisser passer sur le corps. Le duel des chauffeurs commence. Par pur défi, il place le car en plein milieu de la chaussée. Et le chauffeur de taxi blasphème avec son klaxon à trompe sans discontinuer. Notre chauffeur est ravi, à en croire l'étirement généreux de sa bouche et la sortie de ses dents. Il jubile. Son rétroviseur intérieur est devenu un écran de télévision qui déroule une cassette vidéo : *Duel au soleil.*

Dans le car, deux adultes et trois enfants sont pris de nausée.

Les deux chauffeurs cachent leur regard derrière le même type de lunettes de soleil, au cas où l'autre aurait la maligne idée d'utiliser des jeux de lumière aveuglants. J'ai déjà vu ce genre de duel suicidaire dans ce pays, quand je venais en vacances d'été. Lorsque nous roulions de nuit en voiture, fréquemment les véhicules d'en face attendaient de parvenir à notre hauteur pour allumer brutalement leurs phares et nous éblouir, par jeu ou par folie meurtrière.

Maintenant, le chauffeur du taxi asphyxié par les fumées du Mercedes garde la main appuyée sur le klaxon. Tout d'un coup, il donne un coup de volant et envoie sa 404 Peugeot hors de la route bitumée, sur la piste de sable, là où il n'y a plus que des couloirs imaginaires comme dans le ciel des Boeing, là où le Mercedes ne peut plus lui boucher l'horizon, là où il peut accélérer jusqu'à crever le plancher de sa voiture. Un tourbillon de poussière annonce le danger. La 404 ouvre le désert en le déchirant comme une fermeture à glissière. Un beau spectacle.

– Qu'est-ce qui se passe ? demande Embarak, la tête immergée dans sa pastèque.

Silencieux, je regarde avec attention le chauffeur du taxi, dont la tête m'est familière. Je cherche un moment avant de recoller les morceaux de ma mémoire. C'est le blasphémateur d'Aïn-El-Zina ! A ses côtés se serrent deux clients, dont l'autre blasphémateur, le jeune qui insultait Dieu. Derrière, trois sardines à forme humaine se tiennent fermement soudées les unes aux autres dans leur huile. Je vois nettement à présent ces six corps qui fendent le désert dans leur bombe métallique, déterminés, avec ce couloir cylindrique de poussière qui efface au fur et à mesure les traces de leur passage, de leur existence.

J'ai mal au cœur. Notre chauffeur conduit avec brutalité. Je me sens tout à coup prisonnier, cerné sur la droite par ces inlassables montagnes qui nous surveillent depuis Aïn-El-Zina et, à gauche, ce taxi fou dans lequel sourient le chauffeur démoniaque et le blasphémateur.

Les deux paires de lunettes de soleil se narguent au-dessus de leur volant, semant la panique dans les sables, précédant leurs excréments de poussière. La 404 prend l'avantage. Ses pneus mordent plus sèchement la terre, galvanisés par la victoire proche. Le chauffeur klaxonne trois fois pour dire que les jeux sont faits, qu'il arrivera le premier chez Dieu.

– Qu'Allah le Tout-Puissant t'accompagne ! se résigne le nôtre, bon perdant.

Il lance même trois grands coups de klaxon dont l'écho va heurter les flancs des montagnes.

La 404 nous dépasse. Elle prend une bonne avance, par sécurité, avant de rejoindre la route bitumée. On entend encore quelques coups de klaxon et puis plus rien. Le silence du désert. La poursuite feutrée des montagnes tenaces et muettes. Au loin, j'aperçois une famille de dromadaires et une tente de Touaregs plantée dans le décor lunaire comme une couverture de laine qui sèche au soleil. Puis je me replonge dans un nouveau rêve.

En France, on tue des Mourad pour un croissant, des Mohammed pour quelques francs ou un autoradio ; ici aussi, m'a-t-on prévenu. Les balles se perdent facilement, depuis que les uns et les autres veulent le pouvoir à n'importe quel prix. Quel gâchis ! Tant d'années gaspillées par mon père et ma mère à économiser chaque sou pour construire la maison du retour...

Je pense à mon père. Que fait-il en ce moment ? Il doit certainement appeler mon répondeur pour lui demander quand je vais revenir. Et comme mon automate ne connaît qu'une seule réponse, mon père doit imaginer qu'il lui cache un malheur. J'imagine en souriant ce dialogue de sourds.

Et ma mère ? Attend-elle mon retour pour que je lui donne des nouvelles de Mourad parti à San Francisco ? Serre-t-elle encore dans ses mains ce mouchoir humide de larmes ?

– C'est en hiver qu'il faut venir ici, fait la voix d'Embarak.

J'ai cru un instant qu'il voulait dire que l'hiver était moins mortel, au pays.

J'imagine mal un hiver dans le désert.

– Mais le problème c'est qu'il n'y a pas de pastèque l'hiver! ah! ah! ah! explose soudain l'affreux jojo. Tiens!

Il exulte. Il ne peut pas deviner ce qui rougit mes yeux, de tristesse et de rage.

– Putain de taxi!

La phrase est sortie de ma bouche toute seule. Comme un projectile.

– Quoi? Quel taxi? T'es pas mieux dans le car, avec moi? Au moins on fait des rencontres! Regarde: tu m'as trouvé sur ton chemin! Le *mektoub*.

Il me ferait presque rire. Tranquillement, il me tend une énorme tranche de pastèque qu'il vient tout juste de couper sur ses genoux. Bien qu'il ait pris mille précautions pour ne pas en mettre partout, il a subi les secousses du Mercedes qui roule sur une route au bitume moulé en vaguelettes par le vent et la chaleur. Sur son pantalon se sont formées des auréoles sur lesquelles les pépins de la pastèque sont des petits bateaux noirs à la dérive.

– Allez, faut manger!

Il insiste.

– Sinon tu ne vas pas tenir tout ce voyage.

Cette fois je résiste moins. J'ai l'impression d'être à l'abri de la contamination avec ce fruit à la peau bien épaisse et dure. Il me suffit de poser la bouche seulement sur la partie intérieure, rouge et vierge.

Mais je ne supporte plus ce généreux paysan, père de cinq enfants, époux d'une femme et propriétaire de deux dizaines de dents. Je sais tout de lui, le parfum de ses pieds, la couleur de son caleçon. J'attends le moment où il va me commander à mon tour de raconter ma vie. J'ai encore le malheur de le surprendre quand il porte sa tranche de pastèque dans son antre. Clappements, aspirations, succions, bruits de salive et même petits crachats destinés à éjecter les pépins de pastèque dans la main gauche. Tout y est.

Je pose ma tranche à côté de mon sandwich, prétextant un besoin subit de faire une sieste à cause d'un mal de tête. Tenace le bougre, il me propose dans un ultime assaut une gorgée de petit-lait qu'il gardait dans un thermos, mais surpris par la sécheresse de mon refus, il remballe son liquide en hochant la tête. Il se mouche, rote, déglutit, se mouche à nouveau, se racle la gorge, nettoie ses dents avec son couteau, invoque Allah !... et termine en allumant une cigarette, je crois. Car je finis par sombrer dans une demi-inconscience qui est aussi une demi-conscience, malheureusement : je vais me réveiller dans un moment et Embarak sera toujours là, rivé au siège numéro 34, et moi toujours au siège numéro 35. Le mien ! A la première occasion, il faut que je change de place. Question de vie ou de mort, sinon je vais assassiner un rongeur qui voulait se faire passer pour une statue voyageuse. Un clandestin ou un espion.

Les yeux mi-clos, la tête appuyée contre le hublot gras du Mercedes, j'entends à nouveau chanter des moutons sur les cimes cotonneuses des montagnes du désert. J'augure mal de l'avenir du pays si la violence franchit le cap de l'irréversible, si quelque miracle ne se produit pas, si un messie ne vient pas. J'aimerais être le héros d'un renouveau, d'une nouvelle révolution où les paysans seraient heureux. J'interdirais les Mercedes, les BMW et les taxis. Puis j'essayerais de faire...

Je m'imagine calife à la place du calife, quand une agitation à peine perceptible me ramène à la réalité. J'ouvre les yeux : les montagnes ont cessé de nous suivre. Bien qu'aucune mouette n'annonce la proche terre ferme, les mouvements et bruissements des passagers sur le siège annoncent les abords d'une île. La terre ferme, enfin. L'occasion rêvée pour se restaurer, se dégourdir les jambes, se nettoyer, se rafraîchir. Et changer de place, surtout, pour offrir mon voisin Embarak à quelqu'un d'autre, moins exigeant sur la qualité du voisinage. J'ai grand besoin de m'épargner les tracas inutiles. Le Mercedes freine par saccades.

Nous sommes arrivés à un relais routier.

L'endroit est étrange. On dirait des studios de cinéma. Quelques baraquements font office de restaurant et, je l'espère, de toilettes. Sur le parking où le car a coupé les moteurs, trois véhicules sont garés, dont le taxi-diligence avec qui nous avons fait la course. Deux de ses clients restés à l'intérieur somnolent, portière ouverte, engourdis par la musique arabe qui s'échappe du véhicule.

Dans le car, Embarak est intrigué de me voir remballer mes affaires de voyage, négligeant les offrandes qu'il m'a faites sur l'autel de la fraternité et du partage.

– Tu prends tout ? Tu descends là, Mohammed Djizou ?

Je ne réponds pas, mécaniquement je continue ma besogne. Je n'ai plus rien à gagner à lui témoigner de la convivialité.

– Tu prends tes affaires ? Dis-moi, Mohammed Djizou.

Dans quelques minutes, je vais l'échanger contre un voisin plus proche de l'esprit suisse avec couteau-mille-lames et discrétion garantie.

– Tu descends là ?

Il me faut une compagnie plus proche du lac Léman. Ou un muet.

– Tu n'as pas confiance, Mohammed Djizou. Ah… je comprends… tu préfères prendre tes affaires avec toi, au cas où.

Après m'avoir observé pendant un instant, tout d'un coup, il décide de m'imiter. Il range ses biens les plus précieux : ses sacs plastique, sa Thermos, son couteau de boucher ravageur et une veste. Fier de lui, il réajuste ses vêtements et se présente au rapport comme si j'étais devenu son sergent.

– Ça y est ! dit-il, pas mécontent de sa rapidité d'exécution. On peut y aller. Je fais comme toi, c'est plus prudent.

Je reste interdit.

Dans le car, la chaleur approche de la position « gril ». Plusieurs voyageurs s'inventent des mistrals ou des tramontanes sur leur visage, à l'aide de bouts de n'importe quoi. Chacun veut sortir avant l'autre. Quelques-uns s'emballent.

– Quoi ! tu veux pas me laisser sortir, ou quoi ? hurle un homme bloqué à sa place, le dos plié sous le porte-bagages.

L'autre n'est pas disposé à se laisser faire.

– Tu vas descendre, n'aie pas peur ! Et arrête de me parler sur ce ton, tu n'es pas officier de l'armée, que je sache !

Deux autres passagers échangent des mots durs à cause d'une histoire de sacs qui ont percuté des mollets. Certains voyageurs plient bagage comme s'ils n'allaient pas revenir.

Le chauffeur fume en silence. Il a remarqué lui aussi la présence de son rival. Malgré la foule et les altercations, je parviens à descendre de l'autocar. Je suis poisseux, mal à l'aise dans mes vêtements humides et froissés, mais heureux de pouvoir enfin faire quelques pas sur la terre ferme et de ne plus sentir mon siège plastique collé à mon dos.

Sergio Leone aurait apprécié l'endroit. Typique du désert de l'Arizona : baraques rongées par le sable, taches d'huile de vidange sur le sol, sacs en plastique accrochés aux ronces sur des centaines de mètres, portes battantes grinçantes et menaçantes, ambiance à couper au couteau : taillée spécialement pour mon ami Embarek-tête-de-pastèque, pour la rime.

Je fais quelques pas. Soudain, sorti du néant, un enfant d'une douzaine d'années me barre le chemin. Il a la main tendue. Il supplie :

– Oh ! mon oncle, je t'en prie ! C'est un bon jour pour moi de t'avoir rencontré.

Prompt comme l'éclair, Embarak s'improvise garde du corps. Il repousse le petit d'une phrase assassine :

– Allah te donnera ce que tu veux ! Allez, va.

Autrement dit, beauté, allégresse et richesse. Voilà ce qu'il offre pour le 25 décembre, au nom de Dieu.

Je m'énerve :

– Pourquoi tu traites cet enfant comme un chien ? Il pourrait être le tien.

– Ah non ! Jamais de la vie ! Mes enfants, c'est moi qui les élève, pas la rue, se défend-il.

Le petit qui a fait quelques pas en arrière écoute avec une attention surprise.

Je lui demande :

– Comment tu t'appelles ?

– Mourad.

– Tu es déjà allé à San Francisco ?

Le petit répond non, avec une grimace.

– Et à Lyon ?

Il ne répond pas du tout. Il doit même ignorer que c'est le nom d'une ville. Je lui donne une poignée de pièces, dont certaines françaises. Embarek-tête-de-pastèque est dégoûté.

A l'entrée du restaurant-bar, les lunettes de notre chauffeur croisent celles de l'autre chauffeur – blasphémateur, traverseur de désert à cent trente à l'heure. Les deux montures échangent des rayons méprisants, mais les bouches restent closes. A quoi bon? Le pays est déjà tombé assez bas. Ce que les gens demandent au temps, c'est seulement de les emmener jusqu'au lendemain, guère plus. Un jour, une nuit, un jour, une nuit : le rythme de la vie se réduit à deux temps.

On est loin de cette époque où le gouvernement servait au peuple le menu du énième plan décennal de développement, avec révolution agraire en entrée, révolution culturelle en sauce rouge au plat de résistance, et révolution sucrée avec chantilly (suppl. 15 D) au dessert. Et pour les récalcitrants : le désert !

Elle est déjà si loin l'époque où une vie se prévoyait sur plusieurs années.

– *Salam oua rlikhoum!* lance le chauffeur à qui veut l'entendre.

Personne, apparemment.

– Je te paye un café-lait ! m'offre sans réserve Embarek-tête-de-pastèque, au moment où je reluque une jeune fille qui suit sa maman à la trace, nous éclaboussant de sa beauté orientale. Je l'avais déjà remarquée dans le car, vers l'arrière, à gauche. Mais elle fixe le sol, comme par crainte de provoquer des cœurs sensibles avec ses yeux noisette soulignés au crayon.

– Je te paye un café-lait, reprend mon garde du corps.

– Je dois d'abord aller aux toilettes.

J'attends que la foule se disperse.

Il dit seulement :

– Je suis là.

Comme si je ne m'en étais pas rendu compte.

Je m'esquive à la hâte en direction des toilettes, déjà hanté par l'idée de le retrouver.

Mais comment trouver les toilettes dans ce Bagdad Café saharien ? Rien n'est indiqué. Aucune file d'attente ne révèle la cachette du traditionnel trou dans la terre. Et pourtant, je vais comme par instinct droit dans la bonne direction, pile dans le trou. Enfin, de ce qui a dû être, dans un lointain passé, un orifice qui a largement couvert les besoins de la population, comme dirait un économiste. Il ne reste plus rien de la faïence blanche du W.-C. turc, quelqu'un a dû la démonter par petits morceaux pour reconstituer une mosaïque chez lui. Mon estomac se retourne. Engloutie, la cuvette turque ! Recouverte d'une couche d'excréments grâce à laquelle on peut établir à coup sûr un diagnostic sur l'alimentation défectueuse des voyageurs du désert : trop de piment, de poivre, de petit-lait, de gras, de sucre, de haine et d'énergie gaspillée. Pas assez de papier, aussi. Ce robinet planté dans cette cloison griffée de traces de doigts jaunes a-t-il jamais laissé couler une seule goutte d'eau dans sa vie ?

Par instinct de survie, je me hisse à nouveau dans une Suisse imaginaire, jusqu'au lac Léman. Toute cette eau permet évidemment aux riches de prendre des douches à volonté, d'atteindre à la propreté absolue. Ici, l'odeur pestilentielle qui remplit la guérite militaire a même anéanti les mouches. Je contourne les toilettes officielles, à la recherche d'un terrain vague avec une dune propice à l'intimité accroupie. Hélas, le terrain vague n'est pas si vague que cela. Je trouve enfin, comme sur une plage du sud de la France du mois d'août, un minuscule carré de sol passé inaperçu au regard des trous du cul et je le marque territorialement de mon sceau.

La besogne terminée, je remonte mon pantalon et je me sauve vers l'humanité. L'idée de retrouver Embarek-tête-de-pastèque me procure à présent du soulagement.

Vraiment, je ne supporte plus le tiers monde dans sa vision pratique, tout du moins. J'ai maintenant des exigences hygiéniques et je les défendrai jusqu'à la fin. L'Occident a du bon.

Il y a foule au comptoir. Des cris fusent. Les gens commandent et boivent des boissons gazeuses et sucrées dont je me suis déshabitué depuis une éternité à Douar-Lyon. Deux hommes servent, avec un air éteint sur leur visage de sable. Ils posent sans aucune conviction des verres de café remplis à moitié de sucre, les font courir le long du comptoir sans renverser la moindre goutte. Nul doute, nous sommes bien dans un établissement public et les serveurs sont des serviteurs de l'État.

Les pommes de terre frites à l'huile et l'aile de poulet qui les accompagne ont fière allure, replacées dans le contexte général. J'en commande une assiette au bar. Le serveur la fait apparaître comme par enchantement, me laissant ainsi deviner qu'il en a beaucoup d'autres en réserve. Je fronce les sourcils, méfiant. Est-ce de la vraie nourriture ? Je marque dix secondes de réflexion, histoire de laisser mon instinct prendre la mesure du problème, mais c'est dix secondes de trop pour le serviteur de l'État.

– Tu prends ou tu laisses ? dit-il, soudainement pressé et agressif.

Je m'envoie un peu de rêve suisse pour me doper.

Dans le menu de la Swiss Air que j'avais choisi (et dont j'ai emporté le papier de présentation à la maison tellement il était beau), il y avait de la poésie dans chaque plat. Je comparais avec ce méchant jeune homme : prendre ou laisser, le verbe réfléchir n'a aucune consistance au comptoir. Il y a de quoi manger : un privilège, déjà.

Malgré tout, Bagdad Café ou pas, la faim abat mes résistances de riche Lyonnais sensible et soyeux. Je paye le serveur, saisis l'assiette fermement et localise une table à l'abri des cocotiers, avec vue sur la plage et la mer.

Le jeune Mourad en haillons me regarde passer, complètement transporté par le fumet que dégage ma marchandise. Je fais mine de l'ignorer, par honte plus que par dédain.

Embarek-tête-de-pastèque s'assied en face de moi et me regarde manger. Je devine dans la profondeur de son regard une attirance pour mon poulet qu'il a du mal à dissimuler. Dans un effort de détachement surhumain, il replante ses dents dans la pastèque. C'est évident qu'il mange du poulet! Avec délectation, en gourmet. Du poulet de rêve, pour mieux dire. Son envie est une telle souffrance, que je le vois ronger les pépins de son fruit comme un os de volatile.

Je vais lui en proposer, bien sûr. Ne m'a-t-il pas fait l'honneur de m'inviter à son siège dans le Mercedes? Je sais pertinemment que, comme les coutumes l'exigent, si je lui propose une fois il se doit de refuser par politesse et que je devrai insister pour qu'il accepte enfin mon offrande. Mais j'ai ce désir de jouer avec lui, de torturer ses résistances. Ses morsures dans sa pastèque saignante sont pathétiques.

– Tiens, Si Embarak, prends un peu de poulet !
je propose enfin, la cuisse roussie du volatile au
bout de ma main.

Il mord encore plus férocement dans sa cuisse
imaginaire bourrée de pépins noirs et rétorque
avec la fierté que j'escomptais :

– Non, non, merci. J'ai ce qu'il me faut.
Regarde...

Il exhibe sa pastèque de gros bourgeois, accom-
plissant avec zèle les rites du compagnon de
voyage.

– Reprends de la pastèque, Mohammed Djizou !
dit-il en me tendant franchement un morceau.
C'est plus sain que la viande...

Alors là, il va trop loin. Il n'a pas osé dire «... que
le poulet », pour conserver une chance d'en porter
un micron carré entre ses mâchoires, qu'il laissera
macérer deux jours pour lui extirper sa substance
olfactive, comme une boulette de tabac à priser.

Il se défend comme un beau diable.

– Je vais fumer une cigarette maintenant, tu en
veux une ? enchaîne-t-il en glissant sa manche sur
sa bouche encombrée.

A-t-il besoin de faire une telle annonce ? Je
soupçonne un piège. Il désire à l'évidence que
j'avance un : « Non, non, attends avant de fumer,
goûte donc mon poulet ! » mais l'attaque est télé-

phonée. Je reste muet. Et je termine en une prompte bouchée ma cuisse de poulet.

Je vois des rivières de sueur se former comme un orage sur le front d'Embarek-tête-de-pastèque. Je l'ai bien berné en ne respectant pas le code de procédure hospitalière en vigueur dans la contrée ! Quand je lui offre, l'instant d'après, de goûter une de mes frites, il ne répond pas, recule la chaise sur laquelle il tremblait nerveusement et s'enfuit se flageller ailleurs d'avoir manqué une telle occasion de manger de la viande.

Le Coca que j'ai fini par commander s'appelle ici du « couca ». Rien à voir avec le vrai. Je suis incapable de terminer mon verre de cet infâme breuvage.

Le jeune Mourad refait son apparition. Derrière son sourire qui est une grimace intestinale, ses yeux habités par des grains de sable désignent mon verre.

– Tu es sûr que tu n'es jamais allé à Lyon ?

– Où ? fait-il en grimaçant sincèrement.

– Dans une autre vie ?

– ...?

Non, ce ne peut être lui. Mon frère Mourad est de l'autre côté de l'Atlantique, déguisé en cygne sur l'Hudson River.

Je fixe le petit qui ne comprend rien à mes sornettes. Je l'interroge du regard. Précis, il avance son doigt sur mon verre que je vois à moitié vide et que ses yeux voient plein à ras bord, et il le touche.

– Ça ! lâche-t-il. (Ses yeux sont transparents.)

J'ai compris. Il veut débarrasser la table à sa manière. Je n'ai rien dit rien fait que le verre est déjà revenu sur ma table, à sa place exactement, vide. On peut le retourner, il ne reste plus une traître goutte à l'intérieur. Séché !

Le doigt du petit tremble moins à présent. Le « couca » a un pouvoir anesthésiant redoutable. Il sourit et rote du gaz. Visiblement, je suis devenu son ami de toujours. Sa nouvelle cible gît au fond de mon assiette.

L'os de la cuisse !

Cette fois je comprends sans dessin la *faim de l'histoire*. Je reste immobile, comme en prise avec l'appétit sans borne d'un grizzli qui vous ausculte en vous accommodant avec des petites carottes ou des pommes de terre sautées. Le petit Mourad s'empare prestement de l'os et le déchiquette sous mes yeux. J'ai peur, un moment, qu'il n'embarque avec sa bouchée ses propres doigts. Puis il disparaît sous la table, ou bien s'en va traîner ailleurs sa carcasse qui tient le coup grâce à des ossements de volatiles.

Volatilisé, l'enfant des sables !

J'ai mal. Je pense trop fort à mon frère. Le dégoût me remplit la bouche. Je me lève pour marcher un peu, faire descendre tout ça.

Embarek-tête-de-pastèque bavarde au comptoir avec les deux dormeurs du taxi qui se sont réveillés. Ils boivent des cafés-lait. Cet homme a de surprenantes qualités de contact. Il ignore les recommandations qui m'avaient été faites : « Garde fermée la bouche, si tu ne veux pas avaler de mouche. »

– Voyageurs pour la capitale ! En route !

Le chauffeur du Mercedes appelle les passagers à retourner à leur siège dans les plus brefs délais, sous peine d'abandon dans la nature sablonneuse. Le petit Mourad quémande à nouveau des pièces dans les rangs. Des voyageurs donnent de quoi manger, d'autres du mépris. Moi, il m'aime beaucoup. Il s'approche, sourit et tend la main. Plaisantant, je la serre dans la mienne. Il rigole. Il m'explique qu'il veut de l'argent. Je ris aussi. Je retire de ma poche deux billets de cent francs français. Je les glisse discrètement dans ses doigts refermés. Il rit et il pleure en même temps. De vraies larmes. Il n'ose même plus me regarder dans les yeux. Trop de bonheur à la fois le déborde. Je passe ma main dans ses cheveux. Il veut m'embrasser. Mais je suis déjà loin.

En remontant dans le car, un vieux me regarde avec des yeux doux :

– J'ai bien vu ce que tu as fait avec le petit pauvre. Allah te le rendra. Un jour. C'était un geste tellement bon.

Il ne dit que ces mots. Il va rejoindre sa place. J'ai la chair de poule. J'ai des larmes de fierté. Je pense à Mourad.

Le vieux suit sa canne. Il est à moitié aveugle.

Le taxi des blasphémateurs attend devant la gargote pendant que le diesel du Mercedes bouillonne d'impatience en pianotant nerveusement sur ses soupapes. Puis ses roues avant décollent au démarrage.

Mon Boeing s'enfonce dans un nouveau monde. Toujours plus avant vers l'incertain.

Le petit Mourad me fait signe de la main en disparaissant derrière les baraquements.

Les yeux clos, je ne dors point. Deux voisins parlent trop fort. Une musique rythmée grésille dans la radio que le chauffeur vient d'allumer.

Les bruits d'une fête familiale reviennent danser dans ma mémoire. C'était une cérémonie à l'occasion d'une circoncision, dans une salle des fêtes sordide de la banlieue de Douar-Lyon. Les invités se comptaient par centaines. J'avais apporté deux de mes livres pour enfants, cadeau pour le petit circoncis. Son père était réellement content et fier de m'accueillir à l'entrée. Il me l'avait dit avec sincérité. Sur le côté droit de la salle étaient installées les tables des hommes. J'avais trouvé une place en face des deux fils d'une riche famille de bouchers fort célèbre dans notre tribu, qui avaient domestiqué tous les modèles de Mercedes et de BMW grâce aux merguez et aux côtelettes de mouton. L'idée de leur compagnie m'était fort plaisante.

A mes côtés, un homme et son fils me regardaient avec insistance, échangeant des commentaires.

– C'est toi l'écrivain, le fils de Bouzid ? a demandé le père.

J'ai acquiescé modestement, inquiet comme toujours d'éventuelles remarques ou mauvaises intentions de la part de gens qui auraient aperçu un jour mon visage à la télévision, entendu et jugé mes propos.

– On t'a vu à la télévision, a commenté le père, le regard brillant.

J'ai fait quelques signes de la tête pour dire que j'étais content pour eux. Que j'étais comme eux, aussi.

– Je t'avais dit, papa ! a renchéri le fils en gigotant.

J'étais rassuré. Je n'avais pas affaire à des prédateurs d'écrivains. Nous avons bavardé quelques minutes jusqu'à ce que la conversation s'affaisse d'elle-même, puis je me suis tourné vers les bouchers pour échanger quelques plaisanteries. Nous avions grandi ensemble, pour ainsi dire, dans les bidonvilles de Douar-Lyon.

– Toujours dans la viande ? ai-je dit en blaguant à haute voix.

A ma grande stupéfaction, ces quatre mots ont déclenché une véritable foudre, ressuscitant sans doute des rancœurs conservées au réfrigérateur. Le plus âgé a bondi sur la table et m'a pris à partie devant le public, la gueule béante, l'œil cracheur de feu.

– Quoi, toujours dans la viande ? Tu te moques de nous ? hurlait-il devant les convives médusés. Pour qui tu te prends ? Écrivain ! Tu racontes des conneries sur les pauvres et tu gagnes de l'argent avec ça ! La misère des gens te fait vivre et tu nous dis « quoi la viande » ou je sais pas quoi… ! T'as pas honte ?

Il s'est rassis, bavant. Moi, je ne pouvais plus bouger.

Comme avec mon Lazaar de la banlieue lyonnaise, je me sentais incapable de réagir. Je me suis éteint.

Le père et son fils qui m'avaient reconnu à la télévision avaient dû comprendre la dureté du métier d'écrivain. Ils ne savaient pas quoi dire pour apaiser ma douleur. Il fallait que je fasse quelque chose. Le silence était trop lourd à porter. Dans un gros effort, je suis parvenu à rassembler des morceaux de courage. J'avais le sentiment que la foule attendait que je parle, que je me défende.

– Si je vous ai blessés, j'ai dit aux frères en me levant, je m'en excuse publiquement. Voilà… mesdames et messieurs, JE M'EXCUSE D'AVOIR OFFENSÉ LES BOUCHERS AVEC UNE BLAGUE DE MAUVAIS GOÛT !

Et je me suis rassis. La foule devait être déçue. Je refusais le combat. Le cœur bas, je méditais sur le métier d'écrivain et d'homme public. Il fallait vite que j'apprenne à me blinder le cœur. Une assiette de couscous est passée devant moi sans que je puisse en porter la moindre cuillerée à ma bouche. Mon appétit était saccagé par l'amertume.

Au bout d'une longue heure, je suis sorti sans un mot pour rentrer chez moi. Sur le parking, je suis monté dans ma voiture, j'ai engagé la marche arrière et j'ai reculé furieusement en visant dans le rétroviseur intérieur : une énorme Mercedes 190 E de commerçants, rutilante, n'a eu qu'une blessure dans la portière arrière, mais une contusion quand même. Un petit réconfort pour moi.

Le Mercedes dans lequel je voyage a, lui, des enfoncements de partout. A croire que le chauffeur prend plaisir à emprunter les pistes cahoteuses, plutôt que la Transsaharienne goudronnée par les jeunes appelés du contingent. Il a dû aussi recevoir des milliers de coups de pied et de tête de la part de candidats qui n'ont pu y trouver de place. Il continue malgré tout de rouler, miracle de la technologie allemande.

A l'arrière du car, on entend à nouveau les coups de klaxon d'une voiture sur le point de doubler. Ce n'est pas le taxi des blasphémateurs : j'aurais reconnu la tonalité des trompes de l'avertisseur qui m'est désormais familière. Sur la gauche, quelques passagers se sont levés pour assister au passage du véhicule, un événement sur cette autoroute du Soleil. Je me dresse sur mon siège.

– Un paquebot !

Une Mercedes 280 SE dont je reconnais la lourde élégance. Elle vogue noblement dans l'océan de sable. Notre chauffeur la laisse doubler sans remuer un poil de nez. Il s'agrippe même à son volant pour mieux tenir sa monture, au cas où celle-ci ferait un écart compromettant, au moment précis où ces messieurs de l'armée, dont je peux maintenant apercevoir les lunettes et les uniformes verts, nous dépassent. Ils sont trois. Aucun ne lève les yeux vers nous. Au contraire, l'un d'eux a entrepris de tirer les rideaux noirs à l'intérieur de l'habitacle pour l'isoler du reste du monde et des curiosités trop haut placées. C'est dommage, s'ils sont partis d'Aïn-El-Zina, ils auraient pu prendre en stop la *rjouza* qui voulait aller voir son fils dont le sang pourrissait à l'hôpital. C'est vraiment une malchance pour elle. Il y a encore tant d'espace dans la vaste Mercedes 280 SE !

Le chauffeur des militaires klaxonne noblement en guise de remerciement. Notre chauffeur rend deux coups : « Y a pas de quoi ! J'ai fait mon service moi aussi ! » Il salue de la main pour assurer de sa collaboration.

Les passagers du car ne font pas de commentaires. Une telle différence de traitement dans les moyens de transport ne les offusque pas. Rien. La 280 SE passe, comme si rien ne s'était passé. Mais je ne suis pas impartial, je déteste les 280 SE et leurs sœurs et toutes ces BMW qui ne prennent pas en stop les gens à l'étroit dans leur vie. Sans oublier les taxis.

Mais suis-je moi-même troublé par la pauvreté des autres ? Moi, émir du golfe de Lyon ? Embarek-tête-de-pastèque pourrait m'accabler lors de mon procès. Je suis bien un de ceux que la France a « pris » dans son piège à intégration.

Dans le car, les bouts des cigarettes ne cessent de rougir et d'envoyer en l'air leurs signaux de fumée. Les enfants comptent pour rien, ils n'ont qu'à se boucher le nez ! Quant aux autres... Mes yeux pleurent de la fumée. De toute façon il n'y a rien à voir : le désert n'offre que rocaille pierreuse et platitude à perte de vue, aucune aspérité pour accrocher l'imagination, la rêverie, la poésie. Pas un arbuste. Pas de civilisation.

Embarak est resté à sa place, au siège numéro 34, et moi j'ai pu, grâce à Dieu, changer de voisinage. Les gens du car savent maintenant que je suis un émigré de retour dans sa terre non natale. Ils sont bons avec moi, me considèrent comme un invité. Grâce à quoi j'ai pu avancer d'un rang.

En remontant dans le car parmi les premiers passagers, après l'escale, j'ai occupé le siège numéro 29 côté fenêtre et j'ai aussitôt ouvert un livre, feignant l'absorption totale. Quand est arrivé le jeune homme qui était assis là auparavant, il a hésité en regardant le numéro du siège, m'a inspecté, a constaté que j'étais l'allogène du groupe ; il m'a interpellé avec délicatesse et informé que je m'étais trompé de siège, le mien étant celui de derrière, le numéro 35. Mais vu qu'il n'avait pas de bagages et qu'il était membre de la tribu des personnes arrangeantes et musulman de surcroît, il me cédait avec courtoisie son siège et allait prier de ce pas, derrière, M. Embarek-tête-de-pastèque de le laisser rejoindre son nouveau siège, le 35.

De toute évidence, Embarek-tête-de-pastèque me maudit. Il n'a pas digéré son échec au restaurant. Pour un bout de poulet, qui était un ersatz en plus !

Mon nouveau voisin de gauche est ce gros homme énigmatique, lecteur de journal infatigable, joueur d'Opinel et enculeur de mouches sur les vitres marquées URGENCE. Il dort toujours. A peine a-t-il réintégré sa place au siège numéro 30 côté couloir qu'il a aussitôt posé la tête sur le reposoir et fermé les yeux. Il m'a néanmoins gratifié d'un « bonjour » du bout des lèvres. Son journal posé sur les genoux ne me paraît pas catholique. A plusieurs reprises j'essaie de sonder l'article qu'il a lu. Il est plié à des endroits stratégiques pour la compréhension du texte. J'ai eu le temps de voir qu'il était question de religion. Donc de politique. Cet homme s'intéresse aux débats contemporains qui secouent le pays. Une intuition me recommande de prendre garde à lui.

Les frites et le bout de poulet étaient réellement d'atroces ersatz ! Mon estomac a des problèmes de gestion. Vivement qu'on s'arrête. Je n'ose pas le demander au chauffeur.

Je tente de m'assoupir. La chaleur est toujours aussi insupportable dans la carlingue qui file entre les sables. Nous sommes à mi-chemin. Il reste encore beaucoup à parcourir. Tout un monde.

Je dors à moitié. Je rêve à moitié. J'ai rêvé que j'étais marié avec la jeune fille aux yeux noisette assise à l'arrière du car avec sa mère. Mon père était le plus heureux des hommes, ma vie était conforme à ses désirs. Je ne lavais plus les slips à la maison, je ne faisais plus rien de dégradant pour « l'homme ». En somme, la France ne m'avait pas pris comme les autres. J'avais échappé au piège, ma mère était satisfaite.

Dans mon rêve, Mourad n'était plus mort. Son assassinat n'avait pas vraiment eu lieu. La justice de France nous avait dit en réalité : « Vous n'avez pas lieu de vous inquiéter, il n'est pas mort. » Dans mon rêve, c'est cela que je voulais comprendre. Que j'avais vécu un cauchemar. J'allais bientôt me réveiller en plein jour, un nouveau jour.

J'ouvre les yeux d'un coup. Là-haut dans le ciel, j'aperçois quatre grands oiseaux qui volent en rang serré dans le ciel bleu sec. Je les reconnais à leurs ailes. Des cigognes. Je vois un cygne de l'Hudson River parmi elles.

Les coups de klaxon dans le désert sont devenus un rituel. Encore une fois, ils me sortent de mes voyages intérieurs. Ils ne viennent pas de derrière, mais du côté droit, celui où je suis installé. Une place de choix, le siège 29 plastique-côté fenêtre-vue sur la mer. Vue sur le taxi des blasphémateurs, en fait. A quelques dizaines de mètres, dans le sable, la 404 surfe à fond la caisse sur une déferlante de poussière. Les yeux de son chauffeur semblent fixer les miens. Je distingue leur vive lueur et leurs pupilles dilatées. Sur le siège du mort, le blasphémateur de la gare d'Aïn-El-Zina rit à se déchirer la bouche.

Ce spectacle excite les passagers du car. Je commence à me poser des questions. Toute cette mise en scène fait partie d'un scénario qui me paraît trop bien ficelé. Soudain, un formidable nuage de sable se forme, le chauffeur donne un violent coup de frein à main, la 404 patine, fait un tête-à-queue en tanguant avant de caler net. On entend les rires démoniaques des deux fous de devant. Puis le chauffeur redémarre et la 404 repart au galop sur la route. Autour de moi, l'assemblée est consternée.

– Ils sont saouls ! commente l'un.

– *Bism'Allah Il rahman Il rahim !* prient d'autres. Notre chauffeur ralentit. Il se tait.

La 404 qui pousse au maximum la pression dans ses pistons double progressivement le Mercedes avant de revenir sur la route bitumée quelques centaines de mètres plus haut. Le spectacle est terminé. Je remonte dans ma rêverie, non sans noter qu'il y a dans ce pays musulman des boissons alcoolisées qui donnent le tournis aux 404 Peugeot, dans les vertiges du désert. Les coopérants BMW et Mercedes importés d'Allemagne ne le savent pas, évidemment, preuve qu'ils souffrent de problèmes d'intégration.

Quelques kilomètres plus loin, presque tout le monde dort dans le car. J'observe chaque siège, chaque occupant, essayant de lire leur vie.

Une mémé se lève. Elle s'agrippe au bastingage comme elle peut, rampant debout jusqu'au chauffeur. Elle lui parle longuement. Elle attend une réponse. Il ronchonne comme à son habitude puis finit par arrêter son pachyderme. Les tambours de freins crissent à fissurer les dents. Assis à son volant, le chauffeur annonce au public comme une menace :

– Je m'arrête cinq minutes, PAS PLUS ! S'il y en a parmi vous qui veulent se détendre, c'est-à-dire faire leurs besoins uniquement, c'est le moment.

– C'est déjà fait ! crie Embarek-tête-de-pastèque réveillé.

Tout le monde se tourne vers lui. Son nouveau et jeune voisin risque un coup d'œil inquiet pour constater les dégâts.

– … On s'est arrêtés il y a pas si longtemps de ça ! termine Embarek-tête-de-pastèque, énigmatique.

Le chauffeur fait rougir une cigarette avec les allumettes domptées. Les portes s'ouvrent sous la pression hydraulique, sans efforts. La mémé se propulse dehors. Trois hommes descendent derrière elle. Ils vont se cacher quelque part derrière le bus pour se vider l'organisme. Pendant ce temps, je contemple le désert à la solitude figée.

Le très vieux pépé qui m'a félicité de ma générosité au restaurant, assis vers l'avant, portant gandoura, le visage tout plié, se lève. Il remballe quelques affaires qu'il avait déposées dans le porte-bagages, ferme sacs et cabas et sans rien demander il descend du car, armé de son baluchon et d'une canne.

– Où tu vas, *hadj* pépère ? questionne le chauffeur. J'ai dit « cinq minutes pas plus », tu as entendu…

– Il faut bien descendre quelque part ! dit *hadj* pépère dans sa bouche inhabitée et ses lèvres sèches. Tu peux partir dans deux minutes si tu veux, pour moi ça ne changera rien…

– Mais où tu vas ? insiste le chauffeur. On est arrivés nulle part !

– Justement, dit *hadj* pépère... justement... ce pays me plaît, je préfère m'éjecter ici, nulle part, plutôt qu'entrer dans la ville, je change d'avis. Regarde !

Il jette son doigt dans l'océan du désert.

– Tu les vois ?

– Quoi ? fait le chauffeur en enlevant ses lunettes.

– Les chemins invisibles..., dit *hadj* pépère. Moi je les vois. Je vais pas me perdre, t'en fais pas. Je sais très bien ma route...

Il fait quelques pas avec sa canne d'aveugle spéciale route invisible du désert, se retourne, salue d'un sourire les passagers du Mercedes et part affronter le sable.

Le soleil blanc brûle tout.

– Il va crever là-dedans ! dit le chauffeur incrédule.

– T'en fais pas, répond un vieux sage. Il sait parfaitement où il va, lui.

Hadj pépère ne s'est pas encore confondu avec la mer ocrée que le chauffeur appelle au rembarquement et, le visage tourné vers un point humain qui va s'enlisant, pensant sans doute à son pays, il engage la première. Son fauve d'acier est à nouveau prêt à reprendre du service sur la route de la grand-ville. Je regarde, fasciné, la minuscule silhouette en gandoura s'enfoncer dans la barrière du lointain en direction du chemin qu'ont tracé les cigognes.

Le car avale à nouveau la route. Il reste toujours des centaines de kilomètres à parcourir. Les rares panneaux indicateurs parlent uniquement en arabe. Je n'ai pas le temps de déchiffrer. Le Mercedes rend l'espace flou.

Mon estomac a cessé ses appels de détresse. Finalement, les frites et le poulet n'étaient peut-être pas des ersatz. Les turbulences des huit grosses roues sur le bitume vérolé résonnent directement dans mon corps. Je m'endors pour de bon, la tête posée sur mon oreiller vitreux.

Pendant les élections, qu'on appelait bizarrement le « processus démocratique interrompu », un journaliste du journal *Liberare* a appelé chez moi à une heure tardive et m'a demandé un commentaire sur la suite des « événements ». J'ai répondu tout de go que j'étais :

1. en train de dormir ;

2. pour le peuple – évoquant le pays où les Mercedes 280 SE côtoient les femmes porteuses de fagots sur les routes, sans le moindre frémissement de cœur ;

3. fatigué de ces journalistes qui ne m'appellent

qu'en cas de drames (et si peu souvent quand ils reçoivent mes romans en service de presse !).

Le type a répondu qu'il ne travaillait pas à la rubrique littéraire du journal. Il était désolé. Il m'avait sorti de mon lit pour une « simple interruption de processus démocratique » en Afrique ! J'avais malgré tout laissé ma bouche aller.

Je repense à cette interview. Je revois à ce moment précis le dépassement de la Mercedes 280 SE et l'uniforme de ses occupants. On aurait dit la procession funèbre de l'ordre établi.

Le rideau s'ouvre sur un nouvel événement. Le chauffeur du Mercedes freine de toutes ses forces, les mains rivées au volant, et il invoque Dieu à haute voix :

– *Bism'Allah ! Astarfighullah !*

Cette prière a un ton solennel qui indique la gravité de la situation. Des passagers émettent des murmures de frayeur.

– Quoi encore ? hurle un exaspéré.

Des bagages tombent au sol, d'autres sur des voyageurs. Le car vit l'atterrissage forcé d'un Boeing 747 en péril.

Bloquant la route comme le barrage d'Assouan le Nil, un barrage de militaires ! En plein désert.

– Un barrage ! coupe une voix d'homme.

Silence total.

Immédiatement se télescopent devant mes yeux des images de films de guerre américains dévoilant l'enfer du Viêt-nam. Plusieurs blindés et autres véhicules de « sécurité » animent l'ambiance du parc automobile local, peints en vert forêt amazonienne, mais comme nous sommes en plein désert et qu'il n'y a pas la moindre ombre végétale à plusieurs centaines de mètres à la ronde, je trouve cette cérémonie fort suspecte. Des militaires camouflés en vert dans le désert ocre ?

A l'ombre d'un blindé stationnent la 404 des blasphémateurs et la 280 SE des officiers supérieurs. Elles semblent nous attendre. L'atmosphère est froidement calme. Les militaires, des jeunes pour la plupart, tiennent fermement leur mitraillette. Comme un balai. Sont-ils capables de violences inouïes comme les bouchers et les Lazaar de Douar-Lyon, ou bien ne sont-ils là que pour une mise en scène ?

Le Mercedes s'immobilise.

Je sais que c'est pour un certain temps. J'ai l'habitude des frontières. Mais derrière un barrage, il y a toujours une retenue, une chute.

Prenant la vie du bon côté, les occupants de la 280 SE sont en train de siroter un café que leur sert sur un plateau un jeune appelé, serré aux fesses par la trouille. Les officiers supérieurs ont naturellement lâché leur postérieur sur des chaises de camping. La plage de sable qui s'enfuit de leurs pieds jusqu'à l'infini n'est-elle pas suffisamment vaste pour justifier une pause récréative à l'abri des blindés ?

Au moment où le chauffeur de notre Mercedes ouvre la porte avant, j'aperçois un des blasphémateurs qui accompagne un sergent dans un tour d'inspection de sa 404 Peugeot. Il n'a pas du tout l'air inquiet. Il plaisante avec l'officier. J'en conclus qu'il est en train de lui revendre sa 404 et de lui vanter ses mérites, il peut même l'assurer qu'elle est capable de prouesses dans les sables du désert à cent trente à l'heure compteur, le car Mercedes qui attend là derrière avec tous ses passagers étouffant dans leur étuve orange peut en témoigner, siège par siège.

Je l'entends dire dans mon imagination : « Alors ? Qu'est-ce que tu décides ? »

Décider quoi ?

Apparemment, le jeune sergent ne mord pas à l'offre. Il abandonne le chauffeur blasphémateur et ses clients restés dans le véhicule, le salue d'un geste militaire et la 404 part en douceur, ne laissant dans son sillage que le hasard calme, comme dans un petit port de plaisance.

« Terreur dans les sables. » Silence, on tourne !

La moustache grossière du sergent coupe son visage comme une entrave sur une route de montagne escarpée, avec des virages en lacet, et derrière chaque virage en lacet, les canons des mitraillettes et l'arbitraire, dedans. Le trou noir. J'ai peur. Je me souviens de l'interview que j'ai donnée au journal *Liberare*, des opinions sur les événements que j'ai accordées à qui en voulait, comme ça, n'importe comment. Un militaire va forcément me reconnaître ! Comme le papa et son fils à l'occasion de la circoncision dans la salle des fêtes de Douar-Lyon. Il m'aura vu à la télévision DÉFENDRE LA DÉMOCRATIE.

– La démocratie, mon cul ! il va hurler. Et même ajouter : Vous vivez dans la démocratie, vous, les immigrés de France ? hein ? Vous vivez dans la merde, oui... ! Démocratie ! Des mots crasses, oui !

Avec la mort de mon frère Mourad, je ne pourrai guère lui donner tort.

Et il va surenchérir :

– Tu nous fais honte ! Écrivain ? Tu lèches le cul des Français avec des mots ! T'es un harki de la plume !

Cela sonne comme un nom de famille bourgeoise : « MOHAMMED DJIZOU, HARQUIS DE LA PLUME »...

Marquis dans un petit village de France, celui où habitait George Sand par exemple. Le château de Nohant. Et Frédéric Chopin au piano. Vin du pays et grivoise compagnie. *Vous prie de bien vouloir lui faire l'honneur d'assister à la cérémonie qui va se dérouler dans quelques secondes sur l'autoroute du Soleil, nulle part dans le désert, là où est descendu* hadj *pépère. Rendez-vous dans le Mercedes orange à l'entrée des portes du désert, côté blindés.*

Dix minutes passent. La 280 SE repose toujours là sur ses quatre roues, grillant sous le soleil. Les officiers ont fini leur café ou leur thé. On leur sert ensuite de grandes bouteilles de boissons rafraîchissantes aux couleurs vives.

Une demi-heure passe.

Et rien ne se passe.

Les militaires, tels des gardiens de Buckingham Palace, sont plantés dans le sable, sans une goutte de transpiration sur le front.

Une heure passe. Rien.

La chaleur percute le plafond du car, avec la fumée des cigarettes blondes. Le chauffeur maintient la porte ouverte, pour accueillir un peu de fraîcheur, mais surtout pour montrer qu'il est blanc comme neige – expression du désert ! – et se tient prêt à ouvrir tous ses dossiers de siège pour une inspection fouillée de sa cargaison. Il n'a rien sur la conscience et atteste de la sorte la qualité morale de ses voyageurs, avec qui il vient de faire quelques centaines de kilomètres en parfaite convivialité. Il a pris Allah comme avocat. Bien sûr, si on cherchait la petite bête, il pourrait en fouillant les tiroirs de sa mémoire citer deux ou trois petits détails, oh! des petits riens et des moins que ça même, mais enfin s'il fallait ainsi aider le pays à rétablir l'ordre, aider la justice, il pourrait demander à sa mémoire-imagination – les deux vont ensemble pour la circonstance – d'exercer un peu ses talents. Il se souvient parfaitement de cette mémé qui lui a demandé avec insistance d'arrêter le car en pleine route... alors que nous venions à peine de quitter la gargote. Étonnante demande, quand on la considère de plus près.

– Quelle gargote? reprendra le sergent, la bouche remplie de suspicion.

– Celle où le BEUR DE FRANCE a donné des devises à un enfant qui demandait l'aumône, dira le chauffeur qui aura lu dans mes pensées...

– BEUR? criera le sergent, écarquillant les yeux.

– Oui, enfin, y a rien de dramatique..., essaiera-t-il de nuancer.

– DE FRANCE? ajoutera le sergent dans son cri de guerre contre l'ancien colonialiste.

– Oui, tu sais, ce pays aux quatre cents fromages et… s'enlisera le chauffeur.

– A QUEL SIÈGE IL EST ASSIS CE BEUR DE FRANCE? exigera de savoir le sergent.

– 35… non, 29… mais y a pas matière à…

– DIS-LUI DE DESCENDRE !

Point final.

« Je descendra et je me fera tué », écrira un jeune Beur de Douar-Lyon pour conclure le film d'épouvante. Il ne sera pas bon en français. Puis il fabriquera un bateau avec sa copie et la fera naviguer dans un caniveau, jusqu'à l'égout.

Tous les égouts conduisent à la grande mer.

Je suis livide quand le sergent s'approche enfin de notre véhicule. Je me vois déjà embarqué de force dans un Boeing et jeté en pâture aux moutons paissant sur les nuages cotonneux du mont Olympe. Ils seraient devenus des moutons mangeurs d'hommes et amateurs de Beurs.

– *Salam oua rlikhoum !* fait le sergent à notre chauffeur resté assis sur son siège en plastique, toujours cintré dans sa chemise acrylique auréolée.

– *Salam oua rlikhoum*, renvoie le chauffeur en ôtant ses lunettes par politesse, ouvrant son visage comme la portière de son car, pour exhiber sa transparence. Pour être transparents, ils sont transparents les passagers ! Blancs, redevenus statues comme naguère, en temps de paix, pourtant. Et le petit Beur de Douar-Lyon n'est pas plus bronzé qu'eux. Au contraire, il a la pâleur made in France. Et dire qu'à la frontière suisse en entrant à Genève, arrivant de France, malgré mon passeport bordeaux « Communauté européenne » je me fais systématiquement contrôler par la rigueur suisse, parce que j'ai une tête de lézard du désert !

Dans le désert au milieu du désert, j'allais me faire contrôler par l'arbitraire militaire à cause de ma pâleur européenne ! Un comble. Je suis fait comme un rat.

– Tu descends, s'il te plaît, dit le sergent tranquillement.

– Qui, moi ? fait le chauffeur en se désignant du doigt.

Une dizaine de militaires viennent aussitôt se placer autour du sergent comme des majorettes avec leur bâton, sauf qu'ici le bâton a un canon assez court mais percutant et une détente que caresse un doigt discipliné à l'affût d'un seul mot.

Un seul.

Et le chauffeur dansera la taratatata à répétition avant de voler en éclats, retomber dans la poudre du désert comme une inexistence, une idée du passé.

– Et alors, se moque le sergent, tu crois que je parle à Dieu ?

Au mot Dieu, le chauffeur se tend comme un ressort, en perdant ses allumettes qu'il cherchait depuis un bout de temps, tremblant de tous ses membres, les mains bien loin de son corps au cas où ces satanées majorettes carabinées ou kalachniquées pourraient imaginer un instant, l'instant d'une mort par exemple, qu'il est en train d'essayer de s'enfuir.

Il lève les bras par anticipation.

– Tu te rends déjà? demande le sergent ironique.

Un rictus tord la bouche du chauffeur.

– Eh non, je me rends pas..., il fait mine de plaisanter. J'ai rien à me reprocher... tu me dis de descendre, je descends et je fais attention à ne pas tomber sur les marches... tu te rends compte, si je tombe sur une mitraillette par hasard et que la rafale part! hein? Qui c'est qui va ramener le car à la capitale? Hé! voilà mon problème.

Le sergent jubile.

Ses possibilités d'écrire le destin des autres sont sans limites. Les carreaux de ses lunettes reflètent le film d'un car Mercedes dont on ne voit plus la couleur, avec peut-être des passagers à l'intérieur, en tout cas immobiles et invisibles, et un chauffeur débraillé, mal rasé, fatigué et qui tente de masquer son angoisse par la dérision.

– Le chauffeur de taxi m'a dit que tu avais essayé de le tuer sur la route… il affirme que tu lui as fait des queues-de-poisson ! C'est pas bien du tout, lance le sergent froidement.

Le chauffeur s'apprête à se défendre, mais le sergent fait un pas vers lui, un seul, puis il tend le bras et très doucement pose un doigt sur la bouche acrylique de notre chauffeur, accompagnant son geste d'une grimace expressive :

– Chut… !

Le chauffeur « chute » net et vire au blanc cadavérique.

– Je croyais que tu appréciais la plaisanterie. Excuse-moi, dit le sergent.

Et, avec le doigt qui lui a servi de ferme-gueule, il pousse très légèrement le chauffeur sur la gauche, exerçant sa poussée à la hauteur de l'épaule – la manche de la chemise acrylique résiste à l'assaut – et stoppe net devant l'entrée offerte du Mercedes dans lequel se trouvent entassés des truites, des barbots, des requins, des mérous, des rougets, des petites sardines négligeables, et peut-être des baleines ! En tout cas des poissons, en chair et en sueur, qui pataugent dans un océan d'incertitudes et c'est une impression magnifique, superbe, jouissive !

Ses pieds sont impeccablement rangés dans des rangers avec des lacets coiffés d'un nœud coquet.

Il en envoie un tester la solidité de la première marche d'escalier du Mercedes. Premier coup de manche dans le théâtre de la mort. Il agrippe la porte en guise de rampe, se hisse sur la deuxième marche : second coup de manche. Puis il finit par poser ses deux rangers sur la dernière : le rideau se lève sous les applaudissements des cœurs terrés dans leur cage.

Il lance dans le couloir :

– *Salam oua rlikhoum.*

Quelques voix timides s'élèvent pour répondre à ce salut qui n'a rien d'amical.

Le vacarme de ses fers sur le plancher sonne comme une fin de voyage.

A travers les vitres du Mercedes, le spectacle est impressionnant. Les militaires braquant devant eux leur mitraillette ont reculé de quelques pas, à l'affût de ce qui peut surgir du car. Un fou, un mariolle, un claustrophobe, un peureux ou un terroriste peut en effet à tout moment se lever de son siège, faire un mauvais geste et déclencher la tuerie.

Le sergent fait résonner son pas dans le couloir. Le gros homme à l'Opinel, mon nouveau voisin, transpire tous ses excès graisseux. J'ai déjà vu l'expression qu'il arbore sur son visage dans un film politique. Les méchants étaient des monstres, des nazis.

Le gros a la frontière sourcilière peu fournie, alors les torrents de peur qui prennent leur source sur son mont Saint-Gothard – *massif des Alpes suisses (3197m au Pizzo-Rotondo) portant le col du même nom qui unit la haute vallée de la Reuss à celle du Tessin. Le col est emprunté par une route touristique. Le massif est percé d'un tunnel ferroviaire de 15 km reliant la Suisse et l'Italie (trafic très important), construit de 1872 à 1882, et d'un tunnel routier* – passent aisément les digues de poils et viennent brouiller sa vue.

Je remarque un jeu qui me plonge dans le désarroi : le gros, du bout de sa main, là-bas à l'extrême limite de ses possibilités, à l'horizon de la géographie de son corps, essaye tout bonnement de pousser son journal replié sur un article de religion-et-sûrement-politique sur LE SIÈGE NUMÉRO 29. Et comme par hasard, c'est Mohammed Djizou qui occupe ce siège. Il me refile son bébé, le mécréant ! Tout simplement. Prêt à m'envoyer à l'échafaud à sa place, déterminé à jurer que ce n'était pas son journal et que si ce n'est pas le sien, il doit bien être à quelqu'un, non ? Alors, il est au voisin et le voisin c'est :

Mohammed Djizou ! Né le 5 février 1957 à Lyon IIIe arrondissement. De passage au pays natal de ses parents pour rendre visite à son frère assassiné en France par un chauffeur de taxi.

Mais c'est bien sûr. Il ne peut y avoir de doute.

Il me faut l'empêcher de commettre cette infamie. J'ai déjà assez d'ennuis à la maison, avec la mort de Mourad, la tragédie de mes parents. Et puis mes deux petites filles commencent à me manquer. J'ai envie de les revoir.

A chaque poussée, le journal avance vers mon siège d'un demi-millimètre, soit la moitié d'un millimètre toutes les trente secondes. Il lui faudra beaucoup de temps pour se débarrasser de ses écritures compromettantes, avant que les rangers du sergent n'arrivent sous nos nez. Loin de me laisser abattre par une telle ignominie, je décide, non pas de repousser violemment et ouvertement l'assaut au risque d'attirer l'attention du moustachu aux rangers, mais de m'écarter du siège de l'agresseur, de mettre un grand espace, tout blanc, tout vide, un no man's land qui clamera la vérité toute seule, où l'on verra qui est l'intrus dans les territoires occupés, où chaque poussée d'un demi-millimètre du gros subira un phénomène d'amplification qui en fera une poussée d'un kilomètre !

Je me retire donc d'une moitié de mon siège pour aller me coller contre la vitre. Doucement. Mes gestes doivent être précis et non compromettants. J'observe dans cette position la progression du sergent. Le gros est anéanti. Je sens dans un coin de son œil qu'il me regarde en me suppliant de me laisser faire. Je l'entends presque implorer : «Allez, fais pas le méchant, toi t'es un BEUR DE FRANCE, tu risques rien!»

Que nenni, frangin! A chacun son destin! Et son journal.

Il est défait. Il cesse sa manœuvre indigne contre les enfants de l'immigration et remballe sa main à lui. Le sergent a l'œil douanier. Interrogateur, fouilleur, renifleur, provocateur, voyeur, violeur, déshabilleur, accusateur. Cependant, je m'aperçois qu'il regarde non pas les accusés dans le blanc des yeux pour y dénicher leur mauvaise conscience, mais le haut des sièges.

Et pour être plus précis, les numéros.

LES NUMÉROS.

Personne dans le monde n'y trouvera à redire, ni Amnesty International, ni la Ligue des Droits de l'Homme – quelle foutaise cette appellation, dans le désert où il n'y a pas d'écho possible pour des mots aussi longs! – ni l'Association des mères des disparus, ni l'Amicale des amis des Beurs de France!

Y a-t-il des associations de protection humanitaire pour les sièges de Mercedes dans le désert?

Quoique les Occidentaux soient bien capables, pour brouiller les pistes de toute logique élémentaire, d'inventer n'importe quel concept, au nom de leur logique à eux.

Lui, sergent engagé Zoubir Elmouss, Zoubir le Couteau comme on le surnommait dans sa jeunesse, on n'allait pas lui faire le coup ! Ah ! ça non ! Il savait éviter les pièges des Droits de l'Homme. Avec la force de son intelligence, il allait se faire dresser les sièges et non pas les humains qui lui inspiraient tant de répulsion, là, devant lui, avec leurs trous du cul resserrés sur leur indescriptible frousse.

ET SI LE PAYS ENTRAIT EN GUERRE ? ALLIONS-NOUS COMPTER SUR DES LAVETTES COMME ÇA ? QUI N'OSENT MÊME PAS REGARDER L'ADVERSAIRE EN FACE... ?

... N'EST-CE PAS LA PREUVE QUE LEUR CONSCIENCE EST SOUILLÉE ?

Il est au fond du car. Il regarde par la vitre arrière. Sur la route, la Mercedes 280 SE des officiers du pays s'en va, lourdement, gracieusement, majestueusement. Le sergent lui adresse un salut.

Tous ces pauvres agonisants devant leur numéro de siège sont désormais à sa merci. Le bal des vampires peut commencer.

Il effectue un chouia plus vite son inspection retour en revenant vers le tribunal, car il est clair à présent que les lunettes du sergent lancent des sentences contre des numéros. Il ne voit plus la sale gueule de peureux des accusés, seulement leurs oreilles et leur chevelure couronnée par le numéro de leur siège, 78, 56, 32, 3... et leur cou aussi : un coup sec et bien ajusté de cimeterre et la tête resterait sur son socle ; juste à l'endroit du cisaillement s'échapperaient en un ruisseau des filets de sang glorifiant la réussite de la césure.

Le sergent ZOUBIR ELMOUSS interroge d'un dernier regard son vivier de numéros puis il descend du Mercedes. Les majorettes à la mitraillette se rapprochent de leur chef. Rassurées. Pas de grabuge, cette fois.

Le chauffeur du Mercedes, égaré au milieu de cette foule, essaye un rire de fraternité humaine. Sans grande conviction ni ambition démesurée bien sûr, car il sait ce que cachent les verres de lunettes du monsieur au doigt pointu.

– Tu me fais descendre le numéro 23. Tu me fais descendre le numéro... 34. Tu me fais descendre le numéro...

– ...?

Ce raté dans l'énumération ressemble à une circoncision manquée au premier coup de rasoir. A recommencer. Il regarde à terre pour revoir sur le tableau de sa mémoire l'organisation des sièges, la logique du rangement, l'ordre – ah ! quel joli mot ! – de la numérotation, relève ses lunettes vers le chauffeur et laisse échapper la sentence, le numéro complémentaire du Loto :

– Tu me fais descendre aussi le numéro 29.

Le chauffeur ne cherche pas à comprendre le pourquoi du comment du mais du avec du rien du TOUT ! Il fait quelques pas rapides vers l'entrée du tribunal, pose un pied sur la première marche et se retourne vers le sergent qui regarde maintenant l'horizon de la grande plage.

– Tu m'as dit... 23, 34 et... 3... ? il balbutie, aussi terrorisé qu'excité.

– 29 ! crie un subordonné, agacé par l'idée qu'on va insulter son supérieur en lui demandant comme dans une école maternelle de répéter des choses apprises par cœur.

Le sergent a besoin de voir les gens une fois, les numéros une fois et les chauffeurs imbéciles de Mercedes une fois, c'est tout !

Le chauffeur présente son corps de pauvre imbécile et s'adresse à ses transportés solennellement. Sans fioriture.

– Le sergent m'a dit : je fais descendre le numéro 23. Je fais descendre le numéro... 34. Je fais descendre le numé... ro... 29. 29!

Il répète deux fois.

– C'est tout, dit-il. Le sergent est pressé...

Il risque les pires ennuis à chaque mot prononcé.

Les mouches aussi se sont tues. Elles ont sans doute senti la tension et ont migré vers un environnement moins explosif.

Je ne suis pas si bouleversé que ça, comme préparé à entendre mon numéro. Prédestiné : un horoscope m'a prédit un jour que mon numéro serait toujours le bon, mais que je ne pourrais jamais utiliser cette chance pour des gains d'argent, tiercé, Loto, etc. Et puis, dans une foule de trois mille deux cent trente et une personnes débarquant à la gare de Genève, le seul à qui on demandait de s'arrêter pour une fouille, c'était Mohammed Djizou.

Alors ?

On finit par s'habituer... enfin, à Genève, ça va. Mais à...

Où sommes-nous donc ? Je l'ignore complètement. Si l'envie me prenait d'envoyer une carte postale du coin à ma femme et à mes filles, je serais bien embêté. C'est drôle comme l'homme peut oublier les choses les plus élémentaires quand il se sent en danger.

Je me lève, presque fier, sans oublier ma sacoche où se cache mon identité en papiers. Embarek-tête-de-pastèque se lève aussi. Il gèle de peur, ses sphincters se font des cheveux blancs. J'ai envie de rire en voyant la terreur dans ses yeux.

« Mais pourquoi MOI ? J'ai pas de barbe, pas d'arme, pas d'or, de devises… même pas d'avis sur rien du tout ! Que me veulent-ils ? » dit-il à ses bagages.

Le 23 est un sombre inconnu. Il est rasé de près, de fraîche date, de très près. De trop près pour être honnête. Enfin, peut-être. Dans le désert, chaque grain de sable est une supputation.

Nous descendons vers la décision. Les marches du car, mal ajustées, enregistrent les dernières volontés de nos semelles. Pour l'un de nous trois, deux de nous trois ou trois de nous trois, le voyage s'arrêtera là. Le sort des deux compères dépend de l'arbitraire du désert. Pas le mien : il me reste une carte à jouer, un atout de taille. Là-bas, dans la capitale, il y a des ambassades ; et dans ces ambassades il y a des représentations de pays étrangers ; et parmi ces ambassades où il y a des représentations de pays étrangers, il y a l'AMBASSADE DE FRANCE, pays des Droits de l'Homme. Mon ambassade. Mon ambassadeur que je vais appeler. Mon bien-aimé, mon sauveur.

Il suffit qu'on m'indique l'endroit où je pourrai trouver une cabine téléphonique dans les environs. Je suis vraiment un privilégié, j'ai des pièces de monnaie dans la poche, et même UNE CARTE MAGNÉTIQUE AVEC UN CRÉDIT DE 31 UNITÉS !

Repliée en accordéon, la porte du Mercedes laisse toujours entrer le désert. L'étendue sablonneuse paraît en attente de la suite des événements. Chaque grain de sable fixe son attention sur nous, simples mortels.

Embarek-tête-de-pastèque joue des castagnettes avec ses genoux et ses dents. L'inconnu du 23 est plus digne. Et moi, je suis complètement rassuré par l'image de mon ambassadeur de France-cher-pays-de-mon-enfance. Je me délecte : c'est quand même bien bon d'être né dans le quart monde et de remonter le puits pour passer en troisième, seconde, jusqu'au premier monde. On devient membre d'un pays avec une ambassade respectée, et un ambassadeur qui sait lire et écrire et qui a un téléphone à côté de lui, pas besoin de pièces de monnaie ou de carte magnétique à 31 unités, comme il se doit quand on est tête de liste dans l'échelle de la misère des pays de la planète.

« Allô ? Ici l'ambassadeur de France... J'ai été informé qu'un de nos ressortissants avait été... »

Et voilà : avant que la phrase ne soit terminée, la carambouille cesse, le sergent Zoubir Elmouss est sur-le-champ averti de ses responsabilités et Mohammed Djizou reconduit avec les honneurs d'un habitant de pays « qui ne connaît pas l'arbitraire ». Et en plus, mesdames et messieurs, *meine*

Damen und Herren, ladies and gentlemen, signore e signori, señoras y señores... l'Europe du Marché commun nous rendra encore mille fois plus robustes et armés contre l'arbitraire et l'aléatoire.

Applaudissements.

Nous n'en sommes pas encore à la phase diplomatique de l'affaire. Il reste beaucoup à faire. Le sergent ne connaît encore ni ambassade ni ambassadeur.

Vu de près, en fait, il paraît moins bestial. Il sent bon le déodorant. L'encens. Une veuve allemande de la Schwartzwald, ou une Écossaise bien remplie de whisky des Highlands lui mordrait volontiers le bout des doigts, pour peu qu'elle ait un peu d'ivresse du désert.

– Tu as une carte d'identité ? dit-il en me regardant d'un air pas clair.

Immédiatement, je plonge la tête dans ma sacoche et je cherche ma carte d'identité française.

Je suis presque submergé par une frousse passagère mais violente quand même, à cause du désert et de son inquiétante étendue propice à toutes les exactions, toutes les exubérances d'un sergent. Il voit ma main trembler comme si le cyclone Hugo était passé par là, s'offrant un détour depuis les Caraïbes et envoyant ses rafales de vent à deux cents à l'heure sur ma main.

– Oui, oui, je l'ai ma cartantité..., je bredouille dans un accent parfait de Douar-Lyon.

Et, ô miracle ! il pose son doigt puis sa main entière sur ma sacoche et accroche un sourire, fort sympathique ma foi, sur ses joues.

– De France ?

L'homme a reconnu la terre de ses premières amours.

– Il faut bien naître quelque part.

Il aime le petit jeu.

Il retire sa main. Son sourire s'amplifie. Il se décontracte à vue d'œil. Quelques secondes plus tard, il sort de sa poche un paquet, ô deuxième miracle ! de rouges et blanches Marlboro. Celles que je ne fume justement pas (parce que je ne fume jamais). Mais quand il m'en tend une, je la saisis sans perdre une seconde.

– Qu'est-ce que je fais, maintenant ? demande avec zèle le chauffeur du Mercedes qui est prêt à mettre les voiles, grisé par la route tendue à mort sur la couverture du désert.

« Grisé par la route tendue... » ? Mon œil, oui ! Le salaud veut tout simplement abandonner la mauvaise viande, nous laisser à la merci du dompteur et de ses danseuses, ne plus voir nos horribles faciès criminogènes de suspects. Installer un milliard de kilomètres entre lui et l'armée. Décoller, s'envoler. S'arracher. Nous laisser planter notre tente dans le désert avec les autres campeurs, les cadavres d'animaux séchés par le temps, les lézards, en attendant un prochain Mercedes.

– Tu attends qu'on te pose des questions !

La voix du subordonné de son excellence le sergent tout-puissant Zoubir Elmouss claque méchamment.

Le chauffeur rejoint sa salle d'attente, encore plus incertain de son sort.

– D'où, de France ? me demande le sergent avec un accent lyonnais. T'as une tête que je connais.

Ce dernier bout de phrase me fait paniquer.

– DOUAR-LYON ! place Embarek-tête-de-pastèque, le regard illuminé par le bonheur de l'éclaircie qu'il lit sur les joues du sergent.

Mais le gradé abaisse d'un cran ses lunettes sur le nez, observe la bête qui vient de glousser et le fusille visuellement. La bête ne gloussera plus avant longtemps.

Mon ami le sergent Zoubir Elmouss m'accorde à nouveau toute son attention.

– Tu es lyonnais ?

– Oui, je dis rassuré.

C'est un gone, pas de doute. Il sourit franchement. Ses dents sont à peu près saines. C'est donc bien un de chez moi !

– Comment c'est, ton nom ?

A ce moment-là j'ai un peu peur. S'il connaît mon nom, mes bouquins, mes interviews, mes positions, il pourrait soudainement oublier son origine croix-roussienne et redevenir professionnel chargé de la sécurité dans le pays, se parer des exigences du devoir et me conduire jusqu'à ses supérieurs.

– AMAR DIABI, je suis de la Duchère.

– Moi aussi... Je suis des Minguettes. Tu connais Lopez à la Duchère, qui jouait au foot à l'ASD, avec les Asnar ?

Je rigole en me tapant sur la cuisse. Cette coïncidence est tellement incroyable que j'en ai les larmes aux yeux ! Je m'exclame :

– C'est pas vrai ! En plein désert.

– Si, dit-il discrètement. En plein désert.

Je demande aussitôt, libéré :

– Qu'est-ce que tu fous là ?

– Mon métier.

Mon ami le sergent fait son métier. Nous parlons du pays ensemble et ressortons des souvenirs d'adolescence, tournois de sixte de football, bagarres dans les vogues, boums de l'École centrale et de l'École des travaux publics de Vaulx-en-Velin, l'OL, tout y passe.

Je lui raconte l'histoire de Mourad assassiné par le chauffeur de taxi. Il dit que cela ne l'étonne pas.

– De toute façon, ça sera pas le dernier..., il prévoit.

Il est gentil. Il a dû deviner ma peine, et il invente une blague :

– Le premier jour où je suis né à l'hôpital de l'Hôtel-Dieu, j'ai vu que la France était un pays raciste : quelques heures avant ma naissance, j'étais même pas intégré au monde que j'entendais la sage-femme qui criait à ma mère : « Expulsez ! Expulsez ! Expulsez ! » Ma mère elle voulait pas, elle pleurait comme une folle. Ça commençait bien. Pas même né que déjà expulsé !

Je souris. Je l'ai déjà entendue.

Nous marchons ensemble dans le sable. Nous parlons des filles de France, belles. Malgré toutes les désillusions, nous avons encore de fabuleux souvenirs d'adolescence de nos quartiers respectifs. Lui a été expulsé du pays des Droits de l'Homme etc. pour une affaire de braquage de station d'essence. Avec un copain pompiste, ils avaient simulé une affaire de hold-up, un stratagème de gosse. Au cours du premier interrogatoire, ils ont tout avoué aux inspecteurs.

Notre conversation terminée, il me reconduit à l'entrée du Mercedes. Il n'a pas le temps de s'attarder sur les détails de nos souvenirs.

– Le pays est vraiment dans la merde, dit-il avec mélancolie. Tout le monde est l'ennemi de tout le monde, ici. Ma parole, ils sont devenus fous… nous on a des ordres : faire gaffe ! Alors on fait gaffe.

Pendant ce temps, mes deux compagnons de voyage subissent ma complicité avec mon pote Zoubir.

Il me raconte notamment qu'il y a quelques jours, ses hommes ont dû tirer sur une voiture d'immigrés immatriculée à Saint-Étienne. C'était le crépuscule, le chauffeur quand il a vu le barrage, au lieu de se mettre en veilleuses, a allumé ses pleins phares. Les militaires ont paniqué. Ils l'ont arrosé, lui et sa femme qui était à ses côtés.

Je demande, horrifié :

– Ils sont morts ?

– Ils auraient dû rester en codes, conclut Zoubir.

– Putain !

Je regarde en silence mes deux compagnons suspectés.

– Et les deux autres, qu'est-ce que tu vas en faire ?

Zoubir jette son mégot de Marlboro à terre et le recouvre d'un mollard pour l'éteindre.

– T'as vu le taxi qui vous a doublés sur la route, plusieurs fois ?

– Ouais...

– C'étaient des flics.

– Des flics ?

– Ouais, tous. Faut que tu fasses gaffe, toi aussi, parle pas à tout le monde, raconte pas ta vie... y a des oreilles partout... Nous on est de Lyon, on connaît pas... faut faire gaffe.

Je suis abasourdi. Le chauffeur blasphémateur alcoolique fou était un policier ! Et le jeune blasphémateur. Ils avaient sans doute pour rôle de provoquer ceux qui croyaient trop fort en Dieu, ou quelque chose de ce genre. Je ne comprends pas tout de ces stratégies machiavéliques. Je suis si loin de cette guerre larvée.

– Tous, dit-il froidement.

J'ai un rictus nerveux.

– Tu as vu la Mercedes 280 SE ? Belle bagnole, hein ? Tous des flics, eux aussi. Ils vous ont suivis depuis le début, départ d'Aïn-El-Zina.

Je suis bouche bée.

– Pourquoi ?

– A cause des agitateurs. Des curés d'ici, si tu veux. Ils disent aux gens que leur misère c'est à cause de ci à cause de ça... ils veulent foutre le bordel dans le pays... moi j'y comprends rien. Mais le bordel j'aime pas. Nous les Arabes on est mal vus par tous les pays du monde, y en a marre ! Tu sais ce qu'ils sont en train de dire de nous les Français : bien fait pour eux ! Ils ont voulu l'indépendance, eh bien qu'ils se démerdent avec ! J'aime pas ça, moi. Y en a marre de tout ce bordel. Faut qu'on donne une autre image de nous, qu'on montre qu'on sait régler nos problèmes dans l'ordre.

La stupéfaction me coupe les jambes. J'ai peur de ses mots. De la guerre civile dans le pays de mes parents, celui de mon cœur aussi. Je voulais que ce pays soit beau, à la hauteur de son sage désert. Pourquoi toujours le sang ?

– Et alors ?

Il allume une cigarette. M'en tend une que je refuse simplement. Cette fois, je peux me le permettre.

– On nous a signalé des mecs pas dangereux... mais à surveiller dans ton car... ces deux-là..., dit-il. On nous a donné leur numéro de siège... des indicateurs...

Surpris, je demande, en pensant au changement que j'ai opéré en cours de route à cause d'Embarek-tête-de-pastèque :

– Le 29 aussi ?

Il se fait discret, tend ses lèvres vers ma bouche pour me susurrer un secret.

– J'ai confiance en toi, dit-il. T'es pas comme eux, les mecs d'ici : le 29... je t'ai fait descendre parce que je savais que t'étais pas d'ici avec tes cheveux et tes sapes... les gens d'ici ils nous reconnaissent à ce qu'on met sur nous, tu le savais pas ?... le 29, ça pouvait pas être toi...

Il sourit, pas mécontent de son intuition.

– ... Oh ! il proteste en plaisantant, c'est pas parce que je suis allé en SES à Paul-Éluard aux Minguettes que je suis un deb !

Il se tape la tête avec son fameux doigt.

– Faut faire travailler la *cabessa* ! c'est ce qu'ils pigent pas les jeunes de France... la *cabessa*...! C'est pas parce qu'on est arabes qu'on est des ignorants !

Il se tourne vers les deux autres. Puis à nouveau vers moi.

– Allez, gone, retourne à ta place... ça m'a fait comme une bouffée d'air de te rencontrer dans ce trou...

Moi aussi, je suis tellement heureux d'avoir rencontré ce pote des pentes de la Croix-Rousse que les mots me manquent. C'était lui mon ambassadeur de France, en fait.

Il poursuit dans mon dos à voix basse :

– Au fait, le vrai 29, il est où ?

– 35!

J'ai parlé trop vite, avant de réaliser que je viens d'entrer dans la guerre moi aussi.

Il revient vers moi, plus précisément vers mon oreille.

– ... Dans une centaine de bornes, il y aura un autre barrage ! C'est là qu'il descendra, le 35 ! Mais c'est un dangereux, lui, pour le pays. Il y a au moins cinq flics en civil dans le car qui le surveillent seconde après seconde pour démanteler son réseau.

Les frites et le poulet resurgissent de leur planque, du côté de mon estomac.

Le sergent m'invite à retourner à mon siège.

– Au fait, dit-il, la tour Monmousseau, ils l'ont détruit ou non ?

– Détruite.

Je corrige instinctivement en retournant à mon 29.

– Ça me rappelle « la Marche des Beurs »... (Il éclate de rire en se moquant de son passé.) « Marche des Beurs » ! Quelle foutaise !

– Non, t'es salaud de dire ça. C'est quelque chose qui a marqué l'histoire de France, que tu le veuilles ou non.

Il a l'air dubitatif.

– Peut-être.

Il continue en post-scriptum :

– C'est drôle, avant c'était moi qui foutais le bordel aux Minguettes et qui faisais chier les flics, et maintenant c'est le contraire. Je suis chargé de la sécurité !

Nous nous saluons d'un clin d'œil.

Je remonte dans le car.

J'ai l'impression de n'être plus le même dans ce car de statues. Que tous ces sourires étirés vers moi sont ceux de la terreur. Depuis mon siège, j'observe par la fenêtre Embarek-tête-de-pastèque englué jusqu'au cou dans le sable. Il essaye de s'agripper à quelque dernière chance. Contre le souvenir de ce Mohammed Djizou qui l'a trompé du début jusqu'à la fin. Et la fin a l'air toute proche pour lui.

– C'est un menteur, un menteur... il s'appelle Mohammed Djizou ! Je le sais. Sur Allah, je le jure ! Pourquoi lui vous le laissez retourner et moi vous me gardez, hein ? C'est un traître, un espion, un juif !

Lentement le Mercedes commence à danser des bielles.

Je regarde Embarek-tête-de-pastèque s'enfoncer dans les sables mouvants. Il ignore les mesures élémentaires de sécurité en cas d'enlisement : quand on tombe dans cette mélasse, le mieux est de faire le moins de gestes possible et de dire le moins de mots. Il faut déjà commencer à s'économiser. Pour la suite des événements. L'inconnu si bien rasé le sait bien, lui. Tout son corps s'est déjà préparé. Le sergent s'approche du chauffeur du Mercedes et lui fait un geste du doigt.

– *Y'Allah !* il lance derrière ses lunettes de Chamonix ou du mont Monmousseau.

Le bal est terminé, pour cette escale.

Le chauffeur actionne son levier de vitesses, tandis que dans le moteur de M. Embarek-tête-de-pastèque, les pompes à larmes s'ouvrent et les vannes laissent couler son désespoir. L'anus métallique du Mercedes tousse une fumée rouge sang qui brouille le souvenir de deux hommes en état d'escale forcée.

Nous roulons pendant un temps, silencieux, sidérés, tous. Mes pensées m'emmènent dans mille pays à la fois où se mélangent, s'enchevêtrent, se confondent des silhouettes familières de rêve ou de cauchemar, des mots, des livres, des films. Je vois émerger des images de violence dans un ciel gris où les moutons ne paissent pas.

Une cinquantaine de kilomètres plus loin, le Mercedes s'arrête à nouveau. Zoubir m'avait prévenu. L'angoisse serre à nouveau les cœurs. Un homme fait comme une falaise avec son corps, en plein milieu de la route déserte. Le chauffeur plaque la tête contre son pare-brise, stupéfait. Il arrête son bolide. Il ouvre la porte. Le vent s'engouffre pour regarder nos mines défaites, charriant quelques grains de sable clandestins. Puis un vieux se hisse à bord, guidé par sa canne, suivi par son baluchon.

– D'où tu sors, *hadj* pépère ? s'exclame le chauffeur, le visage plié de stupeur.

Autant que les autres, je suis stupéfait de cette nouvelle apparition. Les allées et venues sont devenues tellement habituelles dans ce voyage que je doute de leur spontanéité. Il y a du calcul sécuritaire, derrière.

Le vieux *hadj* pépère a un air d'ange sur son visage blanc et pur.

– Comment as-tu fait ? Tu es descendu à... et maintenant tu es... là, vivant ?

– Y a-t-il une place de libre ? demande *hadj* pépère, le regard braqué vers le couloir du bus.

Il va s'asseoir à la place 34, constatant que des passagers ont abandonné le navire, préférant, comme lui, descendre dans l'ocre océan.

– Le pays, hier, a eu besoin de vieux croûtons, dit-il simplement. Aujourd'hui, moi je veux changer son destin.

Il y a un long silence. On n'entend pas un bruit à part le vent du désert. Un frisson balaye la peau de toutes les femmes et de tous les hommes dans le car d'Aïn-El-Zina-la capitale. Le chauffeur ôte sa chemise acrylique, grisé par ces paroles, pousse rageusement la première et se lance avec ses frères vers sa destination. Les gouttes qui se forment derrière ses lunettes irriguent déjà le désert de son pays, préfigurant un proche redressement de sa ligne d'horizon. Il faut bien continuer, en effet. Pour demain.

Je ne sais plus quoi penser. Je regarde derrière, dans le sillage du car, pour retrouver l'image de Zoubir Elmouss. Je doute de tout. Ce sentiment est le virus fatal pour un pays. La suspicion permanente.

La fin du voyage se déroule comme prévu. Avec une autre escale, telle qu'annoncée par mon pote Zoubir Elmouss. C'est vraiment la guerre chez les gens d'en haut, ceux qui ne prennent jamais le car au milieu des poules et des pastèques.

Trois jours plus tard, à l'aéroport de la capitale, je suis sur le point d'embarquer dans le Boeing 737 pour Lyon. J'aperçois une escouade de policiers en tenue encadrant un groupe de jeunes hommes en gandoura. Pas besoin de dessin.

Retour à Douar-Lyon. Satolas *international airport*. Le policier antillais vérifie si mon passeport de la Communauté européenne est bien vrai, non sans me regarder d'un air inquisiteur:

– C'est quoi votre métier?

Je réponds, énigmatiquement:

– Chercheur en sciences sociales et humaines!

Il repose mon passeport avec ce geste mécanique des policiers des frontières, puis il me fait un sourire sympathique:

– Y a encore du boulot dans ce domaine, dit-il.

Puis il me salue. Bienvenue au pays, petit.

J'ai retrouvé la famille, les amis. Quand j'ai dit à ma mère que j'étais allé voir la tombe de Mourad, elle m'a demandé comment il allait. J'ai répondu « Bien ». Elle a pleuré, encore, dans son mouchoir en lambeaux. Une mère, ça ne sèche jamais.

Sitôt arrivé à la maison, j'ai été encouragé en retrouvant mon vélo. Puis j'ai cherché sur l'annuaire le nom de la famille Elmouss à Vénissieuxles-Minguettes. Rien. Pas de trace. Sur le minitel non plus. « Il n'y a pas de numéro correspondant au nom que vous avez demandé. Voulez-vous élargir votre demande… ? »

J'ai laissé tomber. La facture était déjà assez élevée comme ça. J'ai appuyé sur la touche connexion / fin.

Cela s'est passé il y a maintenant des mois. C'était à Lyon, un jour d'août écrasant. J'étais dans un restaurant, assis en face d'un certain Omar que je voyais pour la première fois. Il venait juste de rentrer d'un pays avec beaucoup de sable et une route goudronnée au milieu. Il a raconté des anecdotes épouvantables, avec des mots tout simples. La douleur, les pleurs, la mort.

Le soleil était de plomb, ce jour-là, mais j'avais froid de dégoût. Finalement je n'ai pas pu manger. Je suis rentré chez moi, j'ai pris un stylo, des feuilles, et j'ai laissé couler. J'ai écrit qu'une mère, ça ne sèche jamais... mais que quand on est mort, c'est pour la vie, toute la vie.

QUAND ON EST MORT,
C'EST POUR TOUTE LA VIE
a obtenu
le prix Livres Hebdo 1994
et le prix France Télévision 1995
lorsqu'il est paru
pour la première fois
dans la collection Page Blanche.

Loi n° 49-956
du 16 juillet 1949
sur les publications
destinées à la jeunesse
P.A.O : Françoise Pham
Imprimé en Italie
par G. Canale & C.S.p.A.
Borgaro T.se (Turin)
Premier Dépôt légal : Novembre 2002
Dépôt légal : Décembre 2005
N° d'édition : 141589

ISBN 2-07-053683-1